JORGE ANDRÉS LOZANO RIVAS

DESDE LO MÁS OSCURO DEL SER

Hay quienes aseguran que en el interior de cada ser humano
conviven, simultáneamente, el bien y el mal.
Si se tiene en cuenta que el bien y el mal, además de ser simples
elecciones, son elecciones opuestas, no existe forma o
posibilidad de que éstas puedan invadir simultáneamente un
mismo cuerpo.
No nos define el bien y el mal que conviven hipotéticamente en
nuestro interior; al final, no somos más que el resultado de
nuestra correcta o desacertada elección.
¿Qué pasaría si una mala decisión te conduce al más terrible de
los horrores? ¿A dónde llegarías si te desbordas de lleno por el
camino de la oscuridad?
Atrévete a descubrir el resultado de escuchar aquella voz que
retumba… desde lo más oscuro del ser.

DESDE LO MÁS OSCURO DEL SER

JORGE ANDRÉS LOZANO RIVAS

Prólogo

La lectura de los cuentos de Jorge Andrés Lozano Rivas, es un misterio sobre el devenir de la existencia centrada en el ser como protagonista de su egocentrismo y del pluralismo de sus contradicciones, el cual agota su existencia en un celo irrefrenable de poder conquistar su "yo" frente a las vicisitudes de su entorno.

Historias bien imaginadas que logran ovillar para luego perfumar con el desenlace cumbre del relato.

El esfuerzo intelectual y acucioso en el detalle advierte una férrea labor investigativa a la vez que ilustra y blinda la escena para ser creíble y sucedida en el tiempo. En cada relato se vislumbran, claramente, personajes de carne y hueso que columpian sus emociones y sentimientos y que no distan de aquellos con los que vivimos cada día.

No lejos de la realidad, el ejercicio creativo nos sorprende en que tal vez alguna de estas historias... puede ser la nuestra.

William Bedoya Pérez
Revisor de Contenido

ALUCINACIONES

JORGE ANDRÉS LOZANO RIVAS
2001

ALUCINACIONES

Aceptar la muerte
no es reír por siempre;
es llorar algunas veces,
sin morir.
Jorge Lozano

Después de resignarme ante la imposibilidad de hacer realidad los sueños de mi vida, estábamos allí, era la casa más hermosa que he visto en toda mi existencia, creo que valdría la pena viajar esos cien kilómetros que la separan de la ciudad, tan sólo para verla.

No es muy grande, pero posee dos niveles muy acogedores y bien distribuidos. Tiene un hermosísimo techo de color ladrillo y sus paredes blancas algo manchadas por el verde de la naturaleza, junto a las columnas romanas, acentúan ese toque "griego" que tanto me gusta. La casa está rodeada por una muralla de concreto y está recubierta por enredaderas de campañillas que tan sólo le permiten a la gigantesca puerta de madera asomarse. Y para qué hablar de ese hermoso lago en la parte de atrás que ilumina la casa con el reflejo vibrante del sol al atardecer.

Aunque estamos muy lejos de la ciudad, existen a los alrededores grandes restaurantes, parques y cadenas comerciales; en una de ellas es donde mi esposo trabaja, a unos cuantos minutos de casa. En otras palabras, tenemos todo lo que necesitamos: confort, lujo, tranquilidad y estamos lejos del "smog" y agite de la capital; por eso fue que la compramos, es más, Tom me dijo que fue toda una ganga.

Hace ya dos años que me casé con Tom, él es un gran esposo y un trabajador ejemplar. Su labor de jefe de seguridad del supermercado no lo hace sentirse muy orgulloso, pero yo sé que él es muy entregado a su trabajo; su empleo aquí fue la razón principal por la que nos mudamos. Me siento orgullosa de él, yo lo amo.

Gracias a los ahorros de Tom y a las herencias de sus abuelos podemos vivir más cómodos. Yo también contribuí en la compra de esta casa, estuve trabajando como mesera en uno de los casinos más lujosos de la capital y como allí nunca tuve gastos de manutención, es decir: transporte, ropa o alimentos, ahorré un buen dinero. Tom y yo siempre compartimos nuestros gastos y tratamos de comprar todo juntos. Estos han sido los mejores dos años de mi vida: "Un esposo maravilloso complementado con una casa extraordinaria", son dos de las tres cosas con las que siempre soñé.

Ya han pasado dos días desde que nos cambiamos y aún estoy desempacando e instalando nuestras modestas cosas, las cuales también hacen parte de la herencia que los abuelos de Tom nos dejaron; por eso son algo coloniales y gastadas. Mi marido está haciendo el turno diurno en el supermercado y tengo que esperar hasta las ocho de la noche para pedirle que me aconseje en la ubicación de los muebles de la sala; ya estoy muy cansada como para pensar en decoración y por ahora quiero terminar esto pronto. Acomodo los pesados muebles de manera rápida y práctica, de tal forma que la sala queda como si la hubiese situado alguien con poca inclinación a la decoración de interiores y así es; lo único en lo que pienso ahora, es en ir a tomar un baño de tina e irme a dormir para luego servirle la comida a mi esposo y, por supuesto, seguir durmiendo.

Subo corriendo las escaleras de madera al mismo tiempo que me voy despojando de mis ropas. Cuando llego al cuarto de baño dejo caer mi cuerpo dolorido y desnudo sobre el frío piso de la tina y poco a poco me cubro de agua caliente hasta hundirme en ella totalmente. "Mi idea era la de un baño rápido para luego dormir, pero al parecer, tendré que hacer las dos cosas al mismo tiempo"- pienso mientras atiendo el llamado insistente de la madre de todos los pecados -. Con gran esfuerzo, abro uno de los ojos para ver el reloj adherido a la blanca pared del baño y enterarme de la hora. Son las cuatro de la tarde y por ende, tengo cuatro horas para entregarme a los brazos de Morfeo bajo las sábanas de espuma y agua que ahora forman mi lecho.

Abro los ojos nuevamente, - "Creo que ya he descansado lo suficiente" - pienso durante un relajante bostezo - pero salto de la tina al ver la hora que es ¡Son más de las nueve y media! - No puedo creer que haya dormido tanto, Tom debió haber llegado hace mucho y no me di cuenta - Rápidamente me pongo la bata y salgo del baño con la esperanza de encontrarlo despierto aún, mirando televisión; pero no es así, ni siquiera se encuentra allí, ni siquiera ha llegado a la casa, todas las luces están apagadas y no hay rastro de nadie. Decido esperar.

Esto me preocupa, llevo dos horas esperando desde que me levanté de la tina y no hay rastros de él. Enciendo la televisión para ver si algo ha acontecido en las últimas horas de mi ausencia terrenal; pero en el fondo, preferiría saber que nada ha pasado, a cambio de esto escucho un terrible reporte:

"... quince personas heridas, cinco jefes de seguridad muertos y otras dos más fallecidas, es el saldo que deja un tiroteo a las afueras de la ciudad, en el cual tres maleantes intentaron saquear el centro comercial "Farade", pasando por encima de las autoridades y perdiendo un botín de ... "

¡No lo puedo creer! Farade es el centro comercial donde trabaja mi esposo. Entonces las lágrimas empiezan a mojar mis mejillas y mi cuerpo tembloroso comienza a estremecerse bajo los latidos desesperados de mi corazón a punto de estallar. Como si siempre hubiera sabido que este momento llegaría, me escondo bajo las cobijas de mi cama e intento calmarme, pensando firmemente y jurando en mi llanto que Tom es uno de los sobrevivientes, que se está tardando simplemente porque debe esperar a que todo regrese a la normalidad, dar sus declaraciones, hacer informes de lo sucedido, no sé. Sólo puedo aferrarme a la idea de que él está bien. Tom siempre me decía que en una situación de emergencia, lo primero era mantener la calma, así la mente podría encontrar las mejores soluciones. Me tranquilizo y pienso en llamar a emergencias pero sé, por las noticias, que la policía, bomberos y ambulancias ya se encuentran enterados y atendiendo el evento. Podría ir hasta el centro comercial, pero no tengo vehículo y si pido taxi quizás nos cruzaríamos con Tom, en caso que estuviera regresando a casa; tampoco podría hacer mucho por él si fuera yo al centro comercial. Decido llamar al hospital del condado y me tranquilizo un poco más cuando me dicen que Tom no ha llegado allí y al parecer, no es una de las víctimas del asalto. "Tom está bien" me lo repito una y otra vez.

Volví a quedarme dormida, estaba soñando que Tom regresaba sano y salvo a casa, pero fue sólo un sueño; dicen que los sueños son la proyección inconsciente de los deseos o también de las cosas que desearíamos que nunca sucedieran. Yo aún mantengo las esperanzas que pronto regresará.

Aún no ha llegado, ya estoy empezando a volverme loca, esta incertidumbre comienza a desesperar mi cuerpo y tiemblo tan fuerte que toda la cama se sacude con violencia, es tanta mi paranoia que hasta creo escuchar los pasos de mi amado subiendo las escaleras de madera cada minuto; me levanto emocionada corriendo hacia ellas, pero cuando llego al sitio donde creo se originan los pasos, me encuentro con la vacía perspectiva de toda la casa. Decido regresar a la cama y justo cuando voy entrando a mi dormitorio, me doy cuenta que no eran sonidos producidos por mi imaginación, algo se está moviendo allá abajo; regreso corriendo a las escaleras y cuando estoy llegando a ellas nuevamente... – ¡Oh! ¡Dios mío! ¿Qué es eso? – una indefinible silueta camina por el primer piso, creo que es Tom, acciono el interruptor de la luz pero éste no prende – ¡la energía se ha ido! El sonido del interruptor hace desvanecer la sombra y quedo paralizada al ver tal suceso, un suspiro muy agudo se escapa de mi garganta…no puedo más, me siento desvanecer, creo que mi corazón va a estallar. Me siento impotente, desprotegida, sola.

Regreso rápidamente a mi habitación, allí me siento segura porque es la única parte de la casa que conozco a la perfección, es la única que ya está lista. Entro nuevamente a mi cama, deseando que mi esposo estuviera aquí, me sentiría tranquila y dejaría de sentir miedo por los extraños sonidos de la sala, pero no sé ni siquiera si aún está con vida, no sé si se encontrará sano y salvo -¿Cómo estará?- Sólo espero que Dios me lo regrese con vida. Empiezo a pensar, que tal vez Tom no llegó al hospital porque no era uno de los heridos, era uno de los muertos. ¡No! No debo pensar así, pero tengo un mal presentimiento. ¿Llamo a la morgue?

Ahora comienzan nuevos sonidos a retumbar por toda la casa, son golpes, son golpes de una persona a otra, siento las carnes chocando violentamente y unos quejidos que les siguen, seguidamente oigo un llanto; mi mente está enloqueciendo, no quiero mirar afuera, todo está oscuro y no hay nada a lo que los humanos temamos más que a lo que no podemos percibir, ver o comprender y la oscuridad, para mí, encierra esas tres condiciones. ¿Por qué sucede esto ahora que mi prioridad debería ser Tom?

Ya finalizó el escándalo de sonidos abstrusos, ahora que retorna a mí la calma, me presionan unas ganas inmensas por ir al baño; tengo miedo de ir, no quiero encontrarme con algo o alguien cuya presencia no pueda soportar, ya ni sé lo que estoy pensando, mi cabeza se está ahogando con el miedo – "los fantasmas no existen"- voy pensando mientras avanzo hasta el baño, son sólo tres metros los que tengo que caminar para llegar desde mi cama a él. Finalmente cumplo mi objetivo, no veo nada, todo está oscuro, aun así me ubico en el inodoro, hago lo que tengo que hacer y al terminar, una fuerte sensación de nauseas me oprime obligándome a vomitar sobre el lavamanos que hace unos minutos atrás, estaba reluciente de limpieza; levanto la cara para mirarme a través del espejo que reposa sobre la jofaina y aún en la oscuridad me doy cuenta que estoy demacrada y sucia. Me quedó inmóvil contemplando mi arrugado rostro; sí, ya no es el mismo de hace unos años, desde que me casé muchas cosas han cambiado en mí: Menos volumen y color en mi cabello, muchas líneas en mis mejillas y frente y, una expresión de desesperanza que nunca se asomó en mi juventud.

Cuando alguien se une a otra persona, debe aprender a convivir con ciertos sacrificios, la vida tiene muchos sacrificios, lo sé, pero uno de los peores es el de ser esposa. – ¡No! No me estoy quejando de Tom es sólo que… bueno, ya no sé ni lo que estoy pensando. Odio cuando en esos momentos de real angustia tu mente no reacciona, te sientes como una tonta y el tiempo pasa tan lentamente que parece eterno.

Intento tapar mi confusión y la vejez de mi rostro con unos chapuzones de agua, me limpio la cara con una toalla mientras trato de pensar con claridad, pero sólo vienen a mi mente ideas absurdas de espíritus, casas embrujadas. ¡Que locuras ando pensando! Ya estoy lo suficientemente grande como para tener miedos ridículos. Voy a bajar a enfrentar mis miedos, ya estoy cansada de tanta basura. Al final, me daré cuenta que todo está en mi mente.

Bajo las escaleras lentamente no por miedo, es sólo que con tanta oscuridad no quiero caerme. La madera está sumamente fría y la baranda de la escalera se estremece ruidosamente por el temblor de mis manos mientras la sujeto. De repente, siento como si algo me observara desde la oscura sala y siento también, una necesidad imparable de salir corriendo, pero mi abuela siempre me dijo : "mostrar miedo o debilidad, es derrotarse antes de la batalla", y tenía razón, no quiero demostrarle a lo que sea que esté en esta casa, mi inferioridad en este momento. Entonces continúo caminando normalmente, siento una punzante sensación, esa que le da a las personas que fingen sosiego cuando realmente están desmoronándose por dentro. El evitar temblar hace que éste sea aún más fuerte, el tratar de evadir la respiración agitada aumenta el ahogo y el paso de saliva, atora constantemente.

Por fin llego a la cocina, ya no recuerdo qué estaba buscando aquí y me siento como una estúpida parada en medio de las sombras - ya lo recordé: velas -. Lo primero que encuentro es una pequeña cajetilla de fósforos, la tomo y comienzo a prenderlos uno por uno mientras busco entre los abandonados cajones – estoy segura que coloqué unas velas por aquí-. Busco frenéticamente por toda la cocina y por alguna inexplicable razón, trato de no hacer ruido. Estas cerillas no me dan la iluminación suficiente para guiarme en mi desesperada búsqueda, ya estoy cansada de prender fósforos para ver cómo se desvanece su luz rápidamente; además, el intervalo de luminosidad y oscuridad que existe entre cada fósforo prendido y apagado es tan tétrico, deprimente y estresante, que siento perder la razón. (Creo que la perdí ya hace mucho tiempo).

Ya tengo las velas en mis manos, sólo llevo encendida una, que es la que me guía; las demás las prenderé cuando tenga el sitio perfecto para ellas. Me dispongo a ponerlas en lugares estratégicos para que la luz se distribuya uniformemente en toda la casa y al mismo tiempo, para no sentirme tan desprotegida entre la penumbra.

El primer sitio donde coloco una de las velas es en una mesa reposada a un rincón de la improvisada sala, pues como ya había mencionado antes, tengo todo desordenado y aún no he dispuesto ninguna ubicación precisa para los muebles de la casa. Ahora subo las escaleras, el piso continúa muy frío; pero ahora, ese frío me produce una sensación agradable, subo lentamente y cuando llego al último escalón, ubico la vela en la columna más gruesa de la baranda. Las dos últimas velas las coloco en la habitación principal una al lado de mi cama y la otra dentro del baño.
¿Qué será de Tom?

Tengo mucho frío, me acuesto en mi cama, trato de tomar todas las cobijas que encuentro y me las pongo encima. Comienzo a pensar de nuevo cosas que no debo, cosas sin sentido. Pasan varios minutos mientras medito, los pensamientos son más tenues cada segundo hasta que de un momento a otro el sueño triunfa y caigo en desmayo bajo la gruesa y oscura nube de cobijas.

Abro los párpados pesadamente, una lágrima sale fugitiva de uno de mis ojos, roza mi mejilla y cae pesadamente sobre la sábana en la que mi demacrado rostro reposa. Puedo ver la vela que puse en la habitación, todavía está prendida y pareciese que siguiera intacta, aún después del par de horas que creo que transcurrieron durante mi siesta; la cera derramada es casi insignificante y la luz sigue con la misma potencia, también puedo observar la vela de la escalera que, al igual que la primera, está indemne. Tal vez sólo pasaron unos minutos desde mi desmayo o quizá unos segundos, pero para mí fueron horas.

- Un momento, ¿qué son esos ruidos?- De nuevo escucho golpes, son abajo en la sala, son claros, constantes y me aterran – Maldita sea ¿Qué está sucediendo aquí? - sabía que esta casa no podía ser tan perfecta, nadie vende una casa así por ese precio tan absurdo. ¿Acaso es una de esas casas poseídas? ¿Será que alguien entró a la casa desde el bosque? ¿Lo que le ocurrió hoy a Tom, tiene que ver con la maldición que esta casa oculta? Sí, tal vez todos los que moran en esta casa, son perseguidos por la desgracia y el sufrimiento y esa maldición persiguió a Tom hasta su lugar de trabajo y.... Debo dejar de ver tantas películas de terror con absurdos clichés.

Me estoy volviendo paranoica, estoy inventando historias donde no las hay – Esta casa es perfecta, es un sueño hecho realidad, también sé que mi marido está vivo, más vivo que nunca y los ruidos que llegan a mí, no son más que producto de mi propia imaginación, causados por el stress y la presión del momento -. Además, estoy convencida que aseguré todas las puertas y ventanas, nadie podría entrar aquí. Ya estoy cansada de sentir miedo, estoy harta de preguntarme: ¿por qué pienso tantos absurdos? Y me cansé de no saber distinguir lo real de lo falso. Esta es mi casa y la protegeré.

Voy a bajar en este mismo instante y no habrá rincón de la casa que no sea inspeccionado, así sea a oscuras, pero ya el miedo dejó de fluir en mi cuerpo y ahora me invade una inusitada seguridad. Tomo la vela de mi cuarto a gran velocidad y bajo las escaleras tratando de identificar la procedencia de los supuestos "ruidos".

Mi mente trata de hacerme una mala jugada, entre más me acerco a la planta baja, los ruidos parecen más fuertes y nítidos, ahora puedo reconocer unos quejidos, pareciera que alguien es golpeado contra una pared; no obstante, continúo descendiendo por la fría madera.

Llego al primer piso, los sonidos no cesan, es más, son más fuertes y logran que el miedo vuelva a poseer mi cuerpo. Parezco endemoniada o tal vez, poseída por la más terrible enfermedad, pues mis manos se sacuden como si tuvieran vida propia, tan violentamente que por poco extingo la llama de la vela que llevo. Mi respiración ahora se asemeja al ronquido de un perro rabioso, mejor dicho, ahora soy yo la que produce horribles y espantosos sonidos de ultratumba. Si los fantasmas o espíritus que habitan esta casa oyeran mi respirar, saldrían despavoridos por donde llegaron.

Estoy decidida a ganar esta batalla contra mí misma, pues "sólo el que se vence a sí mismo, alcanza una verdadera victoria". Quiero saber qué me está sucediendo, si estoy soñando, si estoy enloqueciendo ¿Qué pasa? -¡quiero saber qué pasa de una maldita vez!

He derrotado al miedo una vez más, la curiosidad me ha ayudado a vencerlo. Me estoy precipitando a lo incierto, a lo desconocido y si quiero llegar a la meta, debo dejar a un lado los pensamientos inservibles, porque nada ni nadie me asegura que en esa meta, me estará esperando algo que realmente merezca mi agobio.

Todo se calma, incluso mis manos han cesado su ritmo espantoso de temblor y mis piernas ya no se mueven al compás de la desafinada sinfonía del pavor. Camino entre la noche de turbios pensamientos, me deslizo sin provocar sonido alguno y de repente me estanco inmóvil entre la sala y la cocina; pues una oscura presencia se ha posado a mi lado y ha acercado su boca a mis oídos; como cuando un amante le va a revelar a su compañera sus más íntimos secretos y deseos, siento un cálido respirar en mi oreja. Aguanto la respiración para escuchar con toda la nitidez posible las palabras que presiento, se acercan, y mi corazón, que hace unos segundos palpitaba con la fuerza desbordante del badajo que azota el borde de una campana, ahora muere en silencio, como si también pretendiera escuchar lo que viene a continuación.

Y de la nada oscura, de la inexistencia material, surge el sonido que se apodera del aire, del ambiente y se empieza a transformar en palabras, para terminar en aquella oración tan vaga, pero tan escalofriante:

- *¿Por qué no te fuiste conmigo?*

Mi corazón se exalta nuevamente por tan claro y aterrador murmullo y comprendo, que no estoy sola en esta residencia, que hay algo que me atormenta y que hasta en sueños me persigue. Al momento siguiente de escuchar aquella voz, ya no tengo miedo, estoy comenzando a aceptarlo, a comprenderlo todo; en el fondo estoy satisfecha por descubrir parte de la verdad y ahora sólo me falta desenmascararla completamente. Mis ojos se llenan de lágrimas otra vez, pero no son lágrimas de miedo, ni de tristeza, son de algo más.

¿De dónde provino aquella voz de ultratumba? – Sólo es cuestión de esperar. Tranquilamente subo las escaleras y me dirijo a la habitación nuevamente, tomo la vela que reposa encendida en el baño, y la apago con un pequeño soplido; ahora tomo la vela de las escaleras y repito nuevamente la operación; pasa lo mismo con la que tengo en mis manos y con la de la sala. Me estoy entregando de lleno a la total penumbra.

Finalmente apago la vela de mis manos. Me encuentro ahora en el primer piso con la oscuridad plena abrazándome, cierro los ojos y permanezco inmóvil esperando una segunda manifestación "paranormal".

Es curioso, estoy imitando las actitudes de una adolescente inmadura, obsesionada con las tinieblas, aquellas que aparecen en las películas jugando con tablas ouijas y demás objetos que no comprenden. Empiezo a mandar mensajes mentales como si yo fuera una especie de médium espiritista o algo así. Simplemente quiero que me hable otra vez, quiero escuchar su voz aunque sea por última vez; aún con miedo, mi morbosa curiosidad pide más. Si hay algo en la otra vida, ese algo sabrá decirme si Tom ha llegado o no a ella.

Cierro los ojos, aprieto los parpados fuertemente, estoy en la mitad de la sala con los brazos abiertos como una antena receptora; el aire se vuelve muy denso, las lágrimas comienzan a descender por mis mejillas y mis brazos extendidos se vuelven pesados como si todo el aire de la habitación se concentrara en ellos. Sí, siento esa extraña presencia cerca de mí, está dando vueltas a mi alrededor, me observa, me vigila cuidadosamente mientras sus ojos abstractos penetran mi ser, haciéndome experimentar la agonía. ¿Podría ser Tom tratando de comunicarse conmigo desde la otra vida? No, Tom aún está vivo ¡debe estarlo!

Mi corazón palpita con una fuerza cada vez mayor, creo que me gusta sentir la adrenalina corriendo en mis venas, soy una especie de masoquista con el miedo; ahora que lo pienso, ese espectro podría levantarse contra mí y atacarme violentamente, incluso podría matarme, a fin de cuentas, lo que se escuchaban eran agresivos golpes. La violencia, tal vez esa sea otra forma de manifestarse. Si ese espantoso ser me atacara físicamente, yo no sabría qué hacer, me desmayaría del miedo, supongo.

A cambio de una revelación agresiva, vuelvo a escuchar como murmullo las mismas palabras ya antes pronunciadas, pero con un mayor volumen y un tono de tribulación mayor que sigue resonando en esa oración una y otra vez.

- ¿Por qué no te fuiste conmigo? ¿Por qué no te fuiste conmigo? ¿Por qué no me acompañaste? ¿Por qué no te fuiste conmigo? ¿Por qué me dejaste solo?

La frase se repite una y otra vez, me siento desprotegida, en la mitad del peligro, sin escape posible; me siento sola como nunca; ya es tiempo que detenga esta farsa, ya me cansé de esta situación - ¡Déjame en paz! – grito como nunca lo había hecho, buscando una salida desesperada a esas repitentes palabras. Lloro, lloro como nunca en mi vida he llorado, pues desde hace algún tiempo juré no volver a llorar por algo que me sucediera en este mundo; pero lo que hoy me ocurre, va más allá de este universo.

Las voces se detienen. Estoy hecha un desastre y mis lágrimas escurren como una catarata constante e inagotable. Saco fuerzas desde lo más profundo de mi ser y me pongo en pie para dirigirme patéticamente a una puerta blanca desconocida que se encuentra junto a la cocina; no la mencioné antes porque no quería ni hacía falta recordarla. Cuando llegué a la casa, esa puerta me produjo solamente curiosidad, pero desde que empezaron estos incomprensibles sucesos, sin razón alguna, me provoca asco y desconfianza y lo que sea se encuentre allí dentro, aunque sea simplemente un espacio vacío, me produce un escalofrío indescriptible. Ahora, como si mis piernas tuviesen voluntad propia, me dirijo a ella; tal vez ahora que estoy en la búsqueda de la verdad, quiera saber qué secreto esconde esa puerta que está cerrada con candado y de la cual no poseo llave; esta es una de esas puertas escasas que sin letrero o señal alguna, te sugieren con maldad: "ábreme y entra".

Miro el candado oxidado que cuelga de la puerta con impaciencia, debo abrirlo rápidamente – Pero ¿cómo?- empiezo a halarlo desesperadamente, como intentando arrancarlo con fuerza bruta y me detengo al ver que mis esfuerzos son vanos, miro fijamente la perilla con desilusión y golpeo mi cabeza rabiosamente contra la madera roída, aceptando mi derrota frente a aquel objeto inanimado.

Oscuro, todo está en tinieblas, no puedo percibir ninguna silueta de las que forman mi casa; ni las cajas tiradas, ni la alfombra sucia, ni siquiera mi propio cuerpo es perceptible en esta inmunda noche. Sólo veo con claridad la madera blanca y carcomida de la puerta que tengo enfrente, la "puerta hacia la verdad".

Volteo mi cabeza y trato de ver en la oscuridad, como si estuviera esperando otra revelación; pero todo es tan callado, tan inerte. Justo cuando desisto en mi objetivo, entre el negro profundo de la invisibilidad, un hilo de luz se materializa, permitiéndome ver completamente una lúgubre perspectiva de mi casa. Terror, nunca en mi vida habría imaginado ver tal desorden de elementos mortíferos y espeluznantes, un panorama de tales magnitudes, mataría fácilmente a una persona con solo mirarlo, pues le roba a cualquier ser humano los deseos de continuar viviendo. Esa espantosa visión, sólo produjo en mí el volver a abrazar el suelo del desmayo, pues lo que vi en ese breve momento de claridad, fue mi propia imagen en el espejo, tétrica y manchada, de pies a cabeza, con coágulos enormes de repugnante sangre.

Despierto por enésima vez. No sé cuántas veces he tenido que cerrar mis ojos este día para evitar ver lo que me está esperando; pero ahora, juro solemnemente no volver a cerrar mis ojos, ni volver a soñar o a desmayarme esta noche. Es hora de ver, es hora que todos vean.

Camino de rodillas buscando algo que está en el suelo y que en estos momentos necesito, el hacha de Tom. La tomo con suavidad y la siento empapada de sangre al igual que mis manos, voy directo a la puerta blanca misteriosa y miro fijamente la cadena que la protege, pero que con esta hacha en mi poder, será cuestión de tiempo para dejar al descubierto sus secretos.

Ya he abierto los ojos, a decir verdad, siempre los he tenido cerrados ¿Por qué? – Simplemente porque soy la mujer más infeliz del mundo – Sí, aunque después de todo lo que he dicho, nadie lo crea – Tom no es el mejor marido del planeta y esta casa realmente es una pocilga abandonada.
Estoy viviendo aquí, porque con mi marido somos parte de una banda de asaltadores, somos saqueadores de bancos, casinos y centros comerciales. Esta casa era el punto de encuentro, aquí nos reuniríamos después de asaltar el Centro Comercial "Farade" y eliminar toda evidencia, lo cual incluía asesinar a todos los testigos si fuera necesario; estábamos aquí "trabajando" en lo que creíamos, sería el golpe perfecto.

Las tres cosas que siempre quise en mi vida fueron:
-Un marido perfecto
-Una casa perfecta
-Y un hijo
Pero al ver la vida tan miserable que tengo, decidí quedarme en esta casa en vez de ir al asalto, para poder así fantasear sobre lo que siempre soñé.

El robo fracasó, toda la banda murió en manos de la policía; Tom fue el único sobreviviente y vino hasta aquí, simplemente para culparme por el fracaso. Él, lleno de rencor y odio, me reprochó mi ausencia y me golpeó con tanta violencia que quebró mis costillas y una de mis piernas. Unos instantes después, mientras él se calmaba, la furia de los mil infiernos se apoderó de mis entrañas y con esta hacha, la misma hacha que ahora sostengo en mis manos, descargué mi cólera en su cabeza.

La sangre brotaba violentamente de su cerebro como si fuera infinita y en instantes, inundó toda la sala de esta destruida casa.

Pero mi odio no se había agotado aún, esos diez hachazos que penetraron impetuosamente su cráneo, no pudieron colmar esa furia ardiente que avivaba mi espíritu y que tras unas horas de observar el cadáver de Tom, me condujeron a tomar un cuchillo de cocina y rebanar en pequeñas tajadas la totalidad de su cuerpo, rebanadas que finalmente puse en una bolsa negra y guardé en aquel misterioso cuarto, bajo el sello de una cadena y un candado.

Ahora, estoy rompiendo la cadena de esta maldita puerta, quiero ver que ha pasado con aquel crimen del que todavía no me arrepiento y del cual, siento una calma casi placentera. Los ruidos y las visiones presenciadas esta noche me llenaron de curiosidad. Necesito saber que Tom continúa muerto y que los pedazos de su cuerpo siguen inmóviles aguardando el paso lento y cruel del tiempo. Finalmente la puerta está abierta. La bolsa se encuentra dentro tal como la dejé, la única diferencia es que ahora hay un poco más de sangre sobre el piso y entonces me doy cuenta que aún falta algo por hacer. No soy paciente, pues yo no puedo aguardar el paso lento y cruel del tiempo. Traigo un poco de gasolina, la vierto sobre el hediondo cadáver y cuido de no malgastarlo, pues pienso reservar un poco del pesado líquido para mí también; por último, saco del bolsillo de mi bata la caja de fósforos con los que alumbré mi delirio toda la noche y me dispongo a encender uno.

Muchos pensarán que soy una enferma, que estoy loca, que soy la encarnación del demonio, que estuve fingiendo todo el tiempo una vida falsa, una vida que no me pertenece. Pero en realidad no me diferencio mucho de ellos.

Algunos dicen que sólo quien sueña, alcanza realidades; pero yo, de tanto soñar, olvidé todo lo que era verdad. El amor es ciego, es un fuego ardiente. El amor produce espejismos. Yo amé a este hombre del que ahora sólo quedan pedazos sangrantes; sin embargo, yo amaba más a mis tres sueños y Tom, en medio de su violencia, acabó con el único que podría hacerse realidad en mi execrable vida.

Es tiempo de partir a otro mundo donde tal vez mis deseos sean palpables, donde mi esposo perfecto no sea un burdo ladrón al que yo tenga que matar, donde la casa de mis sueños no sea un rancho abandonado y donde el hijo que siempre quise, no sea asesinado por su papá en un ataque de cólera, sin siquiera haber nacido.

Las llamas se apoderan del cuerpo de Tom y todo lo demás comienza a arder, todo hiede; mi cuerpo y el de mi hijo sin vida en mi interior, son los siguientes blancos del fuego. Los tres vamos a un mundo mejor, o eso espero. Por un instante, me consume el pánico al sentir entre mi vientre unos pequeños movimientos. ¿Será mi hijo que aún vive? O ¿Será el último intento de mi conciencia por mantenerme viva? ¿Será otra de mis mentiras? Ya no importa, ya es muy tarde y las llamas me envuelven con doloroso resplandor.

Oh sí, ya veo la luz, la luz me invade, me da calor. Aun quiero volver a recordar mis fantasías y antes de morir volveré a convocar... A mis alucinaciones.

EL JUEGO ROJO

JORGE ANDRÉS LOZANO RIVAS
2002

EL JUEGO ROJO

Me asomé de repente
por la ventana de los sueños,
y al ver lo mismo que tenía en vida,
me convertí en otro más
de sus prisioneros.
Jorge Lozano

Quiero advertirlo de antemano: no pretendo en ningún momento ser justificado, comprendido y mucho menos pretendo ganarme el perdón de alguien; simplemente quiero confesarme, quiero aliviar mi corazón de esta presión tan grande y librar mi mente del sufrimiento ajeno que causé con mis manos y que ahora creo, padeceré en carne propia.

Todo aconteció de una manera muy particular, jamás me imaginé que pudiera actuar de una forma tan cruel e insensata en mi vida; pero la furia y la venganza se apoderaron de mí en aquel momento en el cual, viendo que todo estaba perdido y donde ya no quedaba el más mínimo rastro de esperanza, me entregué al satánico "juego rojo". Pero bueno, es mejor empezar por el inicio, obviamente.

Yo pertenecía al grupo con mayor nivel social de este país, era un negociante exitoso, dueño de empresas, propiedades, mansiones y yates. Era invitado siempre a las fiestas más lujosas y extravagantes de toda la región y aunque muchos no me crean, podría asegurar que no existe plato selecto en el mundo, en el universo entero, que no haya degustado.

Mi ambición y avaricia por el poder fue tan grande, que llegué incluso a introducirme en los negocios más lóbregos (porque en este mundo son imposibles los excesos honestos) simplemente, para darme el "extasiante" placer de bañarme en la más fina de las champañas todos los días, comprar una colección excéntrica de autos antiguos y viajar de un continente a otro cada vacío fin de mes. Mujeres que aspiraran mi amor nunca faltaron; sin embargo, siempre estuve, y ahora estoy seguro que siempre estaré, solo. La razón aún la desconozco, debe ser que un hombre únicamente alberga espacio para un solo dios y el mío, ya estaba definido desde hace muchos años atrás, se llamaba: Dinero. ¿Qué relación tiene dios con el amor? Bueno, el dinero es un dios celoso y no permite ni siquiera espacio para el amor en tu vida.

Muchos estarán pensando en este momento que soy un hombre aborrecible (puede ser esa otra razón de mi frustrante soledad), pero quiero comentar que la riqueza y el poder dejaron en un momento de ser todo para mí, porque fueron reemplazados, bruscamente, por el amor de una mujer.

En un oscuro rincón de "la alta sociedad", se creó un grupo selecto de personas, una especie de club llamado "The Million", donde sólo los más populares y poderosos podíamos entrar; éramos casi 30 personas, entre las cuales había magnates de todas las índoles: médicos, actores, modelos, deportistas, artistas, arquitectos, ingenieros y demás, sólo lo mejor de lo "mejor". Nos reuníamos en la mansión de Gabriel Monroe; la suya, era la más suntuosa de todo el país, su cuarto de juegos y ceremonias, era el más indicado para llevar a cabo las actividades características del grupo.

¿Cómo ingresé a The Million? Es una historia larga y dolorosa; dolorosa porque a decir verdad, soy una de esas personas que provienen de abajo y recordar un triste pasado es algo que lastima. Mi papá era agricultor y trabajó toda su vida con la única intención de pagar mi estudio; su simple meta en la vida, era que mi destino fuera muy distinto al de él y en cierta parte funcionó. Hice algo de dinero con mi carrera como contador, tuve comodidades y una modesta vida sin preocupaciones; sin embargo, eso para mí no era suficiente. Yo quería más. Así fue como acepté algunos contratos ilegales y fui cómplice de uno que otro movimiento financiero ilícito en cargos políticos, trabajos que me pagaron bastante bien. Procuraba no hacer muchas cosas indebidas porque aún mi alma se sentía culpable, sentía miedo. Con cada gestión corrupta, yo hacía diez inversiones legales y de esas inversiones obtenía más dinero. Siguiendo esa estrategia de limpiar mi dinero sucio, no me sentía tan mal con mi conciencia, pero nadie puede engañar a su propia alma.

Todo el embrollo de "The Million" comenzó con una inocente invitación. A las personas con alto nivel social, suelen llegarles invitaciones, cartas, obsequios y mensajes de toda índole sin siquiera buscarlas; esta invitación, como todas las demás, fue enviada por un "desconocido famoso", así se le conocía a aquél que todos distinguen, pero que nunca en vida han tratado con él y tampoco pueden explicar el origen de su popularidad.

El motivo de la reunión era superficialmente inexistente, pero todos sabemos en el fondo que las reuniones de farándula tienen como propósito darnos un momento de victoria, mantenernos con el ego en el cielo; pues aunque duela aceptarlo, la vida de los "grandes" resulta ser algo humillante, llena de obligaciones y preocupaciones; tan vacía y solitaria, que conlleva al odio de todo lo circundante para concluir finalmente en el auto-desprecio. Hablo por mí, cuando acepto que la verdadera intención de asistir a dicha fiesta, era la de establecer contactos económicos para continuar acrecentando mi vasto imperio.

Como era de esperarse, el magnate de los petróleos Gabriel Monroe, era el anfitrión de tan suntuosa actividad. Nunca en mi vida le había conocido personalmente, pero al verlo, inmediatamente supe que nuestra futura relación iba a alcanzar niveles inesperados, poco comunes. Fue tan grande el lazo que nos unió al saludarnos, fue tan buena nuestra interacción al hablar durante aquel par de minutos, que ambos terminamos por coincidir en que no sería la última vez que nos encontraríamos. Su mansión parecía el castillo de Drácula, tan grande que ni las cientos de lámparas antiguas, atiborradas con cristales y cadenas, podían llegar a todos los espacios; por lo que existían muchas zonas oscuras, lúgubres. En medio de la increíble sala victoriana me encontraba yo, de pie, inmóvil, sin poder simular mi inactividad. Mientras todos dialogaban de banalidades y negocios, yo simplemente: existía. Un lacayo me ofreció de su bandeja una copa de "*Champagne*" y yo la tomé rápidamente para disimular la inseguridad por mi fracaso social. Dueño de un importante conjunto de empresas y de una inmensurable fortuna, aún tenía problemas de personalidad y amor propio. Segundos después y con la bebida aún sin probar en mi mano, fue cuando la vi. No había ser más hermoso en la tierra que ella, me bastó sólo con ver el fulgor del traje rojo envolviendo su perfecto cuerpo y vislumbrar su radiante cabello que me recordaba el color del oro, para darme cuenta que, al igual que el oro, ella tenía que ser mía. Bastaron sólo esos segundos, esa insignificancia temporal, para llegar a pensar en cambiar todo mi poder, todo lo que me pertenece y todo lo que soy yo; incluso llegué a pensar en entregar mi propia alma al diablo, por tan solo probar un exquisito beso de su boca.

En ese mismo instante, como movido por una fuerza ajena a esta dimensión, me dirigí fijamente a ella. Nunca en mi vida había hecho esto, nunca había tenido éxito en acercamientos con la clase femenina y ni siquiera por mi cabeza desfilaba la idea de las probabilidades exitosas. Mi único pensamiento radicaba en aquellos desafiantes y obsesivos ojos verdes; mis piernas se movían poseídas en su dirección y mis ojos, no quitaban la vista de semejante mujer. En ese momento, no era yo.

No recuerdo qué palabras le pronuncié en aquel período de desenfrenada manifestación de gallardía, pero como un acto divino o "espirituoso", tomando en cuenta las copas de champaña bebidas, éstas siguieron fluyendo desde el fondo de mi ser, surgían como raíces del suelo, alentadas por la gratificante curva de su sonrisa. Ella comenzó a hablar conmigo, hablamos como si nos conociéramos desde hace décadas. Me comentó sobre su duro trabajo de ser actriz y modelo, me confesó que aunque era una mujer muy bella, su vida siempre fue solitaria y, entre tantos temas hablados -que ya ni recuerdo- me confesó su nombre: Victoria. Jamás olvidaré ese nombre y ahora que me veo cerca de la muerte pienso, que es lo único que llevaré conmigo al sepulcro. Que irónico nombre: Victoria.

Con el avanzar de la noche y el crecer de la confianza, Victoria me comentó que pertenecía a un grupo secreto llamado "The Million", una sociedad formada por las más afamadas personas, que el líder de ese grupo era Gabriel Monroe y que solo podían ingresar personas dispuestas a todo, personas interesadas en disfrutar de nuevas experiencias y hacerse más ricos; justo lo que me interesaba. Me dijo que entre ellos se jugaban extravagantes juegos de azar donde sólo existía un perdedor y al que le correspondía repartir un tesoro propio entre los demás miembros del grupo, me contó que sería muy agradable tenerme como miembro del club; pero que me advertía de antemano que muchos miembros habían perdido toda su fortuna en estos juegos y que otros, dejándose invadir de una desesperación tan grande causada por la derrota, habían optado por quitarse la vida. Yo no presté mucha atención a este tema, viéndolo como un mito comercial para convencerme de ingresar al grupo y como estaba totalmente alucinado por la belleza de Victoria, controlado inconscientemente por esta mujer desde el momento que la vi, acepté entrar a "The Million" gustosamente. Al final de nuestro encuentro, me recordó que las reuniones eran todos los domingos a la medianoche, que me esperaba puntualmente en esta misma mansión y selló nuestro pacto con un beso en la mejilla que para mí fue eterno; cuando volví en sí, me di cuenta que la fiesta acababa de culminar.

Pasé tres días imaginando mi segundo encuentro con Victoria, miles de pensamientos vagaban en mi mente y devoraban mi tiempo como pirañas famélicas, algo dentro de mí la necesitaba con todas las fuerzas y no podía esperar para verla con estos cansados y arrugados ojos.

Llegó el tan ansiado día, era un domingo lluvioso y oscuro; pero el solo hecho de pensar en esa mujer hacía resplandecer las nubes con fulgor cegador. Ya me encontraba frente a la gigantesca puerta de madera de Gabriel Monroe, mi mente se encontraba en blanco aún después de haber ensayado por tres días las palabras para mi encuentro con Victoria. El mayordomo de Gabriel abrió la puerta con un rostro totalmente neutro y me invitó a seguir con el gesto mudo de su mano, yo ingresé y seguí al gigantesco empleado hasta mi lugar de destino: el cuarto de juegos. Aproveché el largo recorrido por el interior de la casa para recordar con desespero lo que debía decirle a Victoria; pero cuando estuve frente a ella y me dijo que me estaba esperando, lo único que pude hacer fue sudar, sudar como nunca antes lo había hecho en mi vida.

El cuarto de juegos era fantástico. Muy adentro, en lo profundo de la mansión, como si fuese un calabozo, se encontraba una cámara octagonal de más de 80 metros cuadrados. Había varias mesas, una para cada juego, ajedrez, póker, dominó, ruleta y otros juegos que yo ni conocía; pero en el centro había una mesa rectangular gigante en la que todos los invitados esperaban mi llegada. Mientras me acercaba al grupo, deleité mis ojos con las pinturas de dragones colgadas de la pared, que cubrían el gris y antiguo ladrillo de la cámara. Al fondo había dos armaduras de caballeros antiguos tan brillantes que sus destellos impregnaban casi todo el muro, brillantes como los vestidos de algunas de las mujeres invitadas. La mesa era realmente gigantesca, había alrededor de 20 personas acomodadas a su alrededor; pero yo sólo podía mirar a Victoria, ese día estaba espectacular; un traje negro muy casual y atrevido pero elegantemente sostenido por su cuerpo, desviaba todas las miradas de la sala hacia ella, inclusive de las señoras que se encontraban allí y que no podían disimular su envidia.

Estuve de pie frente a los asistentes un momento mientras volvía del mundo celestial de Victoria y cuando reaccioné, hice una reverencia y saludé a la desconcertada audiencia. Gabriel se levantó y me invitó a tomar asiento en la gigantesca mesa, él se puso de pie y con una copa en su mano, me dio la bienvenida:

- Damas y caballeros, hoy tenemos el placer de tener a uno de los más exitosos contadores y comerciantes en la región y quién ahora hace parte de nuestro selecto grupo "The Million", por favor, démosle la bienvenida a Peter Red a nuestro Club.

Brindé con ellos, mas en mi espíritu sentí que no fue un brindis alegre, fue algo incómodo, tétrico y lúgubre como la mansión de Monroe; durante segundos pensé que era debido a mi extraña presencia en este recinto, pero cuando Gabriel comenzó a hablar nuevamente, entendí el motivo de la oscuridad ambiental.

- Querido Peter, amigo, debes estar consciente que este no es un club como cualquier otro, las reglas son pocas y muy sencillas... pero trascendentales. – Su rostro arrogante pronunciaba cuidadosamente cada palabra emitida - Todos aquí estamos dispuestos a divertirnos, estamos dispuestos a todo, pero a un precio muy alto. Somos apostadores, y nuestra posta, es la fortuna o la vida.

Yo quedé algo confundido con lo que oía, hasta ahora comenzaba a entender en lo que me había metido sin pensar... en lo que me había metido por Victoria.

Con mi perturbación sólo se me ocurrió preguntar: -¿Qué sucedería si no cumpliese con el monto?

- Tu fortuna o tu vida y si no me crees pregúntale al miembro que te cedió el sillón que ahora ocupas – Contestó sonriente Gabriel, mientras los demás me veían con cara de desamparo.
- ¿Quién era? – pregunté con nerviosismo
- Carla Moon – Contestó una de las mujeres de la sala.
- ¿Carla Moon? ¡¿La actriz que murió en un accidente?! – Agregué desconcertado.
- Eso es lo que cree la gente – Cerró Gabriel con su irónica sonrisa. Los demás, con la mirada baja, no sonrieron.

Ahora tenía todo claro, esta gente era lo peor de la sociedad y yo era parte de ellos a partir de este momento. Era mi primer día y ya no quería pertenecer a "The Million". Me iba a retirar en ese justo momento en que Gabriel me advirtió que ésta era mi última oportunidad para arrepentirme, que después, la única forma de retirarme era sin vida o en la quiebra.

Cuando me disponía a anunciar mi retirada, Victoria dirigió sus brillantes ojos verdes hacia mí, colocó su mano sobre la mía y acercándose a mi oído dijo: - Hazlo por mí, no me dejes sola en esto. – Aquella noche en que la conocí pensé en dar mi alma al diablo por Victoria, pero jamás creí que lo haría de verdad.

Mi sentimiento hacia ella pudo más que mi propia voluntad, acepté los términos del club y fue allí donde se dio comienzo a la mayor pesadilla que puede vivir un hombre en este mundo y la que viví en carne propia, con todos sus ingredientes.

Juegos de cartas, ruletas, bingos, sorteos, apuestas tras apuestas, domingo tras domingo un miembro más partía del club, después de renunciar a su más grande posesión, después de perder todo su dinero, después de tener relaciones sexuales con todos los miembros obligadamente e independientemente de las inclinaciones sexuales del perdedor, después de ser humillados públicamente o en el mejor de los casos, después de morir. Sí, en estas circunstancias la muerte es una bendición. Esos eran los precios a pagar por la derrota en cada una de las pruebas, gracias al cielo, yo no había perdido nada y nunca lo hice. Cada semana, la vida de un hombre o una mujer que lo tenía todo, era destrozada por un simple y estúpido juego.

Pasaban los días y los meses, ya sólo éramos 10 personas los que quedábamos en pie - si se puede decir-. Aun no me acostumbraba a recibir la fortuna y tesoros de los perdedores y a participar en los actos horribles de esta gente enferma; pero las reglas son las reglas: El que pierde lo entrega y los demás lo reciben. Nunca pude negarme a la fortuna de los otros, a abusar de una mujer perdedora o de matar a los traidores, con tal de ver tranquila a la mujer que amaba: Victoria, y tal vez también por mantenerme vivo, lo cual es paradójico porque para mí, la vida era ella. Si ella perdiera y tuviese que pagar el precio de su derrota, yo estaba dispuesto a tomar su lugar; aunque ella era también una grandiosa jugadora. En esos meses que fui parte del club, Victoria y yo mantuvimos una relación en secreto, no hablábamos mucho, pues hacer parte del club "The Million" nos había convertido en entes sin espíritu, los cuales sentían la necesidad y el compromiso intrínseco de protegernos el uno al otro.

Me intrigaba la habilidad de Victoria en los juegos, su clase y su estilo a pesar de la asquerosa situación en que nos encontrábamos. Curiosamente los mejores en la mesa de juegos siempre éramos Gabriel, Victoria y yo. Por supuesto, yo estaba decidido a ofrecer mi sacrificio a cambio de ella, en el caso en que ella llegase a perder, como ya lo había mencionado. Yo la amaba con todo el corazón y si tuviese que dar mi vida por ella en ese momento, sin dudar la hubiera dado.

Mis negocios dejaron de producir, pero ya no me importaba, lo que ganaba en el club cada domingo era suficiente para mantenerme con lujos durante 20 años más. Las ojeras, las arrugas y las canas empezaron a apoderarse de mi cuerpo; yo, tan solo con 40 años, ya tenía la apariencia de un hombre de 60 y lo peor de todo es que mi alma, que antes de pertenecer al club estaba simplemente sucia, ahora estaba más condenada que el mismo Satanás, mi alma ya no existía.

No me importaba perder, ya no amaba mi vida, ni mi dinero y aunque aún sentía algo muy grande por Victoria, no la veía como el ángel que era para mí. Comencé a comprender las caras apagadas que tenían estas personas la primera vez que vine al club; aunque aún respiraban y poseían más dinero que toda la gente junta en el mundo, estaban muertas, muertas y pudriéndose de adentro hacia fuera, como lo estoy haciendo yo.

Llegó finalmente aquel domingo, domingo que maldigo con todas mis fuerzas y que odio con toda mi alma que, aunque destruida, aún se duele de las palabras que oyó ese día en que perdí lo único que me mantenía con fuerzas para luchar.

- "Peter, colegas, quiero contarles que Gabriel y yo estamos comprometidos desde hace mucho tiempo, pero por nuestra agitada vida y fidelidad al club, lo hemos mantenido todo en secreto. Pronto nos vamos a casar"-.

Maldita eres Victoria y malditas esas palabras que pronunciaste con esa perfecta y jugosa boca. Jamás olvidaré esas palabras tan agudas, tan penetrantes; tampoco olvidaré la sonrisa de Gabriel mientras me destruías con ellas. A partir de ese día, decidí entregar por completo mi alma – lo que quedaba de ella - al infierno; yo, poseído por el más protervo de los demonios, inventé el Juego Rojo.

Estuve toda la semana encerrado en el viejo estudio de mi casa, intentando crear con la mayor perfección un nuevo juego para "divertirnos" en el club. Ya quedábamos sólo cinco multimillonarios incluyéndome a mí, en pie. Entonces necesitaría cuatro domingos para culminar mi majestuoso plan.

Día y noche sin dormir, trabajaba en la creación del juego que me ayudaría a obtener mi venganza. No volví a observarme en el espejo, pues mi apariencia diabólica, totalmente ajena a la que yo poseía, me asustaba a mí mismo. Estaba totalmente perdido por la ira y mi espíritu ausente, me gritaba desde el averno: ¡Mata! ¡Mata!

Domingo 1

El juego era sencillo, una bolsa contenía pequeñas balotas, mismo número de miembros en *The Million*; cada uno debía extraer sin mirar una balota y apretarla en su mano durante unos segundos sin verla, para que a la voz de un conteo progresivo, todos los concursantes la revelaran al mismo tiempo.

Lo interesante del juego era que una de las balotas presentaría un color rojo y la persona que tuviera la mala fortuna de sacarla, sería la perdedora.

Cuando lo expliqué, los miembros del club pensaron que era un juego estúpido; pero después de contarles el resto de las reglas, la idea les llamó mucho la atención. La regla era muy sencilla, el poseedor de la balota roja, sería la presa en un juego de caza, tendría cinco minutos para salir y esconderse en los vastos jardines de la mansión Monroe sin ninguna posibilidad de defensa, mientras el resto de participantes lo buscaríamos con armas seleccionadas previamente por la víctima para aprehenderlo y matarlo. Sólo si sobrevivía antes de que se asomase el Sol, podría continuar viviendo.

-    ¿Están dispuestos a subir las apuestas damas y caballeros? Hagamos estos juegos más interesantes – Dije a la audiencia con total seriedad.

Algunos dudaron por un minuto; pero les recordé que nosotros los miembros de *The Million*, estábamos dispuestos a todo. Las personas que poseen riquezas inimaginables, crean también necesidades inimaginables, unas ganas insaciables de probar algo nuevo, con ellas les convencí de buscar algo más intenso y desafiante.
Lo que ellos no sabían, era que yo podía manipular la balota roja a mi gusto y escoger domingo a domingo, al perdedor de la noche.

La primera tarea en mi venganza, era asegurarme de que al final sólo llegáramos Gabriel, Victoria y yo. Para eso, debía deshacerme de las dos sabandijas que aún seguían con nosotros. El truco era muy sencillo, no existía ninguna balota roja; pero gracias a un líquido diseñado por los ingenieros químicos que contraté en mi locura, el sudor de la persona que yo escogiera volvería roja a la esfera, marcando su fatal destino.

La victima que escogí para ese primer domingo, era Walter Prey, doctor neurocirujano con miles de especializaciones y maestrías; por sus conocimientos en anatomía y química, podía ser una amenaza para mi increíble plan. Sin que él lo notara, dejé caer unas cuantas gotas de la pócima en su bebida, acción que realicé con la anterioridad necesaria para que ésta hiciera efecto.

Era ya la hora de comenzar el acto, cada uno tomó su bola con angustia e incertidumbre, la atesoraron en su mano como si su propia vida estuviese en esa esfera y en cierta forma así era; no obstante, las fichas estaban ya jugadas por mí desde antes de empezar el sorteo. Yo poseía el destino de los presentes en mis manos, estaba tan seguro de mi plan, que mi increíble tranquilidad y satisfacción pudieron haberme delatado, pero no fue así.
Gabriel Monroe, decidió hacer el conteo para que todos dejáramos al descubierto nuestras esferas y junto a ellas nuestro destino. -1- El sudor de los presentes comenzaba a caer de la frente. -2- Mi rostro perfilaba una sonrisa macabra -3- Todos abrieron sus manos y tal como lo esperaba, la esfera de Walter estaba Roja como la sangre que pronto le habríamos de derramar.

El obeso cuerpo de Walter saltó de un brinco de la mesa y comenzó la huida, mientras tanto nosotros preparábamos nuestro arsenal para comenzar la cacería. Walter había elegido para la cacería de hoy, una espada como arma, así que los cuatro restantes tomamos una espada cada uno y empezamos a buscarlo entre los bastos y frondosos jardines de la mansión. El desenlace fue obvio, el asustado y gordo cuerpo de Walter se encontraba bajo una sábana de hojas secas, la cual no tardó en ser devorada por una violenta ola de cortes de espada. Fueron tantos los cortes, que varias hojas quedaron casi pulverizadas. Era imposible diferenciar cuáles eran las hojas secas y cuáles eran los restos de Walter. La satisfacción me invadía con agresividad, no por la muerte del doctor, sino por el primer triunfo de mi proyecto.

Allí, bajo la espesa oscuridad de la noche, terminé el día acostado sobre el césped, carcajeando y carcajeando con risas que no eran mías, que no eran humanas. Los demás me miraban con espanto, incluyendo a Victoria, pues no era yo a quien veían. Ante sus ojos, había un ser distinto, riendo bajo la luz de las estrellas.

Domingo 2

Es curiosa la gente que se enloquece cuando todo lo posee, que se embriaga con sueños imposibles, pues los posibles ya los tiene; a ellos sólo les queda añorar la muerte, porque la muerte ni se compra ni se vende.

Que curioso, el último hombre que me faltaba por sacar de la jugada, fue el primero en proponer que jugáramos nuevamente el juego de la balota roja. José Fénix, prestigioso ex deportista y modelo, me ahorró el trabajo de tener que proponer mi juego una vez más, me ahorró la difícil tarea de levantar sospechas y lo más importante, logró que firmáramos un acuerdo para jugar durante estos pocos domingos restantes, el "fascinante" juego rojo.
Pude ver a Gabriel y Victoria ese día consolándose y pidiendo en silencio al cielo que al final, quedaran vivos ellos dos.

Mi labor ese domingo fue exitosa al igual que la del pasado fin de semana. Agregué las gotas de mi líquido en la bebida de la víctima y efectivamente fue el perdedor de la noche. Cuando José mostró su balota enrojecida, Gabriel y Victoria dejaron escapar un suspiro de temporal alegría; pobres, no sospechaban lo que tenía planeado para ellos.

La cacería esta vez fue más rápida, José se arrepintió de jugar al juego rojo - al parecer estaba confiado de que sacaría una balota blanca - intentó salir de la mansión para traicionarnos e intentar huir de su destino, así que tuvimos que matarlo al instante. Fue un tiro certero a la cabeza que Gabriel no dudó en disparar con su escopeta. A Gabriel le gustaba cazar patos en temporada y por su rostro, se veía orgulloso de aquel tiro. La sangre quedó salpicada sobre el muro que José intentaba escalar. El mayordomo de Gabriel apareció rápidamente en escena para limpiar todo rastro de sangre y montar una falsa escena de accidente o suicidio, con el cadáver del perdedor, esa era la costumbre.

Nuevamente mi locura salió a flote y comencé a regodearme en el suelo, riendo desenfrenado y con el rostro cada vez más devastado por mis demonios internos. Victoria se acercó con preocupación y me dijo: - Peter, será mejor que descanses, esto no te está haciendo bien – No sabía que ella tuviera tanta habilidad para decir lo obvio ¿A quién le haría bien esto? Gabriel me soltó una mirada de odio y se perdió en su mansión. Yo regresé a la mía y dormí como si tuviera la conciencia limpia, como un bebé.

Domingo 3

Llegó mi día ansiado, el día en que estaríamos solamente Gabriel, Victoria y yo. Ellos con grandes ojeras y con un temblor incontrolable en sus manos, me suplicaron romper el pacto de jugar el juego rojo, me dijeron que deberíamos olvidarnos del club y que siguiéramos nuestras vidas normales. Malditos sean, después de haber arruinado, violado, humillado y masacrado a decenas de personas ¿me piden que lo olvide todo? ¿Debíamos suponer que nada de esto había ocurrido y seguir nuestras vidas lujosas? Los poderosos nunca olvidan, excepto cuando les conviene- La derrota sólo es mala cuando nos toca, y estos pervertidos creyeron que me iban a chantajear con todo el dinero que ganamos hundiendo a otros. Ellos ignoraban que el dinero para mí ya no importaba y que me habían arrebatado las dos únicas cosas que comenzaban a tomar verdadera relevancia en mi vida: Gabriel me robó a la mujer de mi vida y la mujer de mi vida me mató la esperanza de salvar mi alma.

A pesar del odio que les tenía y que cada vez se incrementaba, rechacé su propuesta con tranquilidad. Por ningún motivo iba a dejar mis objetivos a medias, mi plan de venganza era lo único que tenía valor en ese momento para mí y continuaría con él hasta el final. Les recordé los pactos que hicimos, las vidas que sacrificamos y les dije que si me correspondía morir, lo haría con dignidad.

Los ojos de Victoria y Gabriel se encontraron en un grito desesperado que sólo se podía escuchar observando sus rostros. Victoria dejó caer unas cuantas lágrimas, lloraba presagiando su destino, ella era mi próxima víctima y yo estaba impaciente por destruirla. No obstante, los planes para ella eran un poco distintos, mientras lloraba desconsolada, le di un fuerte abrazo y le dije en secreto que si ella resultaba ser la perdedora, se dirigiera hasta el extremo norte del jardín, trepara el muro con la escalera que yo había dispuesto previamente con complicidad del mayordomo de Gabriel y se fuera en el auto que estaba allí esperando por ella. Mientras la abrazaba, adicioné mi poción a la bebida de la víctima. Victoria sería la próxima en sacar la bolita roja; pero a diferencia de los otros, ella no sería cazada.

Yo hice la cuenta progresiva para dejar ver lo que nuestro "destino" nos había deparado. Cuando dije "tres", todos abrimos nuestras manos y mostramos nuestras balotas. Victoria entró en pánico al ver la bola roja en su poder, inmediatamente se puso en pie, observó a su prometido, le hizo un frío gesto como despedida y corrió a toda velocidad hacia los jardines.

Gabriel me miraba muy seriamente, su ceño mostraba odio, pero él realmente sentía desesperación e incertidumbre porque tendría que matar a su propia novia. El pequeño reloj de arena comenzó a marcar los cinco minutos de ventaja para Victoria, tiempo durante el cual, Gabriel y yo nos observábamos el uno al otro casi sin parpadear.

El último grano de arena cayó, Gabriel y yo nos levantamos lentamente, cosa que resultó muy diferente a las anteriores ocasiones. Yo con un rifle y él con una espada, caminábamos pesadamente por los jardines casi interminables de su propiedad buscando a Victoria para acribillarla. Siempre me mantuve detrás de Gabriel, en caso que intentase agredirme y escaparse de la justicia, de mi justicia, de mi venganza.

Pasaron las horas e iba llegando el alba cuando decidimos abandonar la búsqueda, ninguno de los dos encontró a Victoria. Una sonrisa se dibujó en nuestras caras; Gabriel reía porque pensaba que su prometida había escapado de la muerte, yo reía porque sabía que Victoria estaba en mi casa a la espera de muchos días de penosa tortura.

Domingo 4

Es el último domingo, sólo estamos Gabriel y yo; finalmente se decidirá quién es el heredero de la fortuna total de las numerosas personas disipadas por este estúpido club llamado *The Million*. Gabriel luce macilento, al parecer no se ha bañado ni afeitado en días y por el olor, creo que ha bebido más de la cuenta. Ambos colocamos sobre la mesa las escrituras de todos nuestros bienes en un sobre sellado y estrechamos nuestras manos como caballeros que cierran el trato más importante de sus vidas.

Como somos los últimos miembros del club, mandé a preparar una última cena, una comida para recordar todos estos domingos de fidelidad a la causa -Nunca supe la causa de este club y no creo que la tenga; pero aun así debía celebrar-. Gabriel come de mala gana y traga todos los pedazos de carne que se lleva a la boca como si esperara morir atorado, repentinamente, comienza a llorar con mucho frenesí. Me confiesa que Victoria no volvió, que no sabe de ella, que él no quiere morir en mis manos, que desde que me vio por primera vez me ha odiado y que ojalá yo estuviera muerto a cambio de los demás. Nunca pensé verlo tan débil y vulnerable; sin embargo, ya no tengo alma, así que aún quiero seguir adelante con mi venganza.

Yo simplemente lo oigo y sonrió, cada palabra que pronuncia aviva mi boca y mis labios comienzan a emitir extraños sonidos que no se entienden, hasta que rompo en risa y mis carcajadas son tan fuertes, que el eco retumba en toda la mansión.

Finalmente llegué a la conclusión de por qué odio tanto a Gabriel. Lo odio porque es todo lo que una vez fui yo, una persona que amaba el poder, que estaría dispuesta a sacrificar lo que fuera y a quien fuera por tener todo el dinero del mundo. Lo odio porque es un enfermo mental y en él, descubro que yo también lo soy. No hay cosas que destruyan con más potencia a un hombre que el poder y la mujer; por desgracia, yo conocí las dos.

Por eso lo odio, porque somos iguales, somos las escorias gemelas de este mundo; pero yo, yo soy ahora el más poderoso de los dos, ya no me importa nada, no tengo, ni necesito nada. Con la fortuna de Gabriel, tendría suficiente dinero para vivir mil vidas y para mantener mil mujeres en cada una de ellas.

- ¡Maldito estúpido! ¿Realmente creíste que Victoria volvería? – Digo mientras carcajeo endemoniado - Victoria estuvo toda la semana en mi casa, sufriendo y pagando por lo que me hizo pasar a mí. La torturé hasta más no poder, ella me condujo a este perverso juego del que no pude escapar y luego me traicionó. ¡Ustedes dos son unos malditos! ¡Se merece todo lo que le hice!

Gabriel se levanta de su asiento exaltado y sujetándome violentamente el cuello me pregunta con furia dónde está ella. Yo comienzo a reírme con más fuerza mientras Gabriel me golpea con desespero, preguntándome una y otra vez el paradero de su mujer.

Con las carcajadas ya extintas en mi boca le digo:
- Está muerta
- ¡¿Qué has dicho?! – replica Monroe
- Está muerta y tú fuiste su tumba – Agrego mientras la cara de Gabriel se transfigura de la desolación al pánico. – La carne que tragaste hoy era de Victoria, de ahí ese sabor exquisito y esa jugosa textura, y ni siquiera la disfrutaste bien - digo con sarcasmo. – Debes masticar 20 veces tu comida la próxima vez.

Gabriel se precipita nuevamente enfurecido sobre mi tumbado cuerpo, vomita la carne de Victoria sobre mi oscuro traje y me golpea cientos de veces el rostro. Yo simplemente rio, lo disfruto, cada golpe recibido es como la brisa del triunfo que me acaricia el rostro con ternura.

Cubierto en la bilis de Gabriel, en mi sangre y sin uno de mis dientes, continúo riéndome con desenfreno.

Pero todo cambia repentinamente como cambia el cielo del amanecer al ocaso. Mi vida da un brusco giro de ciento ochenta grados cuando Gabriel, sumido en su llanto, me dice que ella me amaba. Yo dejo de reír y escucho atento. Gabriel me dice que ella tenía una enfermiza fascinación por mí y que sus deseos de conquistarla se estaban truncando a causa de mi presencia. Me dice que no fue fácil luchar para no perderla, él siempre estuvo enamorado de ella y tuvo que recurrir a una deuda pasada que ella tenía con él para chantajearla; Gabriel la obligó a confesarme su relación, una relación ficticia, para sacarme del camino y así fue.
Justo ahí, en medio de la más absurda de las situaciones, tendidos en el piso y separados por un antiguo sillón, los dos lloramos sin consuelo; lloramos arrepentidos, humillados y destruidos.

- ¿Qué hice?- era la única pregunta lógica que pasaba por mi cabeza. - ¿cómo pude matar a la única mujer que me interesó con todo mi ser y con la que dicho sentimiento era correspondido?
- Eres el mayor estúpido de la historia – Me exclama Gabriel con una ofensiva expresión en el rostro y me propina el último golpe en el rostro, el cual acepto sin queja alguna. – Está claro que tú y yo nos odiamos, no podemos existir al mismo tiempo, pues si ambos sobrevivimos, te juro que te buscaré por todo el mundo para matarte ¡malnacido!

Gabriel toma una de las balotas de la bolsa y me la lanza para que yo saque la mía. Está claro que quiere terminar el juego que nos trajo tantas desgracias, de una buena vez por todas.

Esta vez no me alegro de saber que Gabriel morirá. Mi plan ya no tiene sentido, me dejé llevar por las palabras que escuché de los labios de Victoria y el odio que nació dentro de mí me llevó a torturarla y matarla injustamente.

No puedo creer que por tan sólo esos diez segundos de mi vida en que Victoria afirmó que se casaría con Gabriel, haya llegado a esta perturbadora situación. Sólo hasta hoy pude entender lo absurdo de mis actos. El diablo trabaja con finura y nosotros, concluimos vulgarmente su obra.

Gabriel llama a su mayordomo para que sea testigo y verdugo en este último juego rojo. Después de dar las respectivas instrucciones y asignar las armas de la cacería, comienza el conteo regresivo, pero mi mente no presta atención a nada de lo que me rodea; sólo pienso en ella, en sus lágrimas, en sus gritos, en sus súplicas diciendo que me amaba y que no creí, en su cuerpo inerte mientras la convertía en rodajas, en los filetes de piel ardiendo en las brasas. Pienso en las cosas que nunca nos dijimos, en las cosas terribles que le hice cuando Victoria, quizás era la única que podía salvar mi vida y mi alma del infierno.

Con la señal de Gabriel, ambos abrimos nuestras manos y dejamos al descubierto las balotas que elegimos. Observo a Gabriel esperando su reacción de pánico al ver que ha perdido, pero no sucede nada. ¡Esto no puede ser!, con el mayor de los horrores en mi corazón, advierto que la esfera de Gabriel está blanca y la mía, es la roja. Nunca en mi vida, había visto rojo similar al que posaba en mis manos. Ese rojo carmesí, tan angustiante como el brotar de mi propia sangre, advertía lo inevitable. Con la pelea física que tuvimos, el frasco con la solución química se reventó en mi bolsillo y los fragmentos de vidrio que cortaron mi piel, dejaron que la sustancia se mezclara directamente en mi torrente sanguíneo, mientras que Gabriel, a causa de nuestra discusión, nunca probó la champaña en la que vertí el químico. La copa de Gabriel reposa intacta sobre la mesa. No lo había notado hasta este instante y por mi descuido, ahora yo soy la próxima víctima de mi propio juego.

En este momento me encuentro corriendo como nunca imaginé hacerlo, corro entre los arbustos, corro bajo la luna que alumbra inmensa la llegada de la muerte. Desde niño pensé que la muerte avisaba su venida y permitía al pecador arrepentirse; ahora sé, que llega en el momento en que más culpas se poseen y menos tiempo para corregirlas existe. El arrepentimiento es una idea vaga e inútil, es la esperanza de los desesperanzados, ya que si no puedes enmendar los malos actos de tu vida, sigues siendo culpable de ellos. El arrepentimiento no limpia tus pecados, no. Hoy me siento arrepentido por mis actos y aun así, seré condenado por ellos.

Oigo los pasos lentos de Gabriel y su mayordomo acercándose a mi escondite, ya siento cerca mi partida de este mundo. Escondido bajo un arbusto, entre un hueco cavado con mis propias uñas, escucho en silencio como mi alma es llamada por el infierno para cobrar por mis actos.

Lo que siento, no es una sensación de temor; lo que siento, es la opresiva confusión por haber vivido tantos años… estando desde siempre muerto.

SOY DIOS

JORGE ANDRÉS LOZANO RIVAS
2003

SOY DIOS

Dios No ha muerto, Simplemente,
Nosotros nacimos
Jorge Lozano

Dios no existe – Es lo que siempre he dicho. La humanidad ha necesitado desde su existencia modelos a seguir, seres que representen la perfección a la que nunca podremos llegar y seres superiores a quienes adorar, pues nuestro falso orgullo no permite venerar a nuestra misma especie. Tarde o temprano, terminamos destruyendo a nuestros ídolos humanos y por eso, necesitamos unos "inmortales". He ahí el origen de la divinidad.

Hace algunos años atrás, decidí con la colaboración de mi compañera, Adalía Montenegro, desarrollar este proyecto. Proyecto donde no sólo demostraré que el Dios en el que creemos no existe sino que también, damas y caballeros, le mostraré al universo entero que yo, Luis Salvador Amoroso, soy dios.

Mi proyecto ha otorgado un paso gigantesco para la ciencia; cientos de años después de haber desarrollado totalmente lo que la genética nos puede ofrecer y con avances tecnológicos que hace algún tiempo se creían imposibles, he logrado casi a puertas del año 2100 lo que ningún ser humano había podido hacer en nuestros millones de años de poblar el planeta tierra: Crear vida de la nada.

El Gobierno me otorgó fondos limitados y un lapso de tiempo de siete años para demostrar resultados; ahora que se han visto mis avances, no sólo el gobierno sino todas las entidades del planeta están dispuestas a apoyarme ilimitadamente en lo que antes se creía, era una locura sacrílega.

Tengo ya 50 años y aunque ahora me llaman "el creador de la vida", mis posibilidades de vivir por mucho tiempo en este mundo moderno tal vez sean pocas, hay infinidad de enfermedades, guerras, y además, estoy siendo perseguido por millones de sectas religiosas a causa de mi descubrimiento.

No quiero excederme en preámbulos, sé que todos querrán saber la historia de mi proyecto, pero me cuesta trabajo ocultar mi asombro; darme cuenta de lo que he sido capaz me deja estupefacto.

Como venía diciendo, soy científico, me he especializado en todas y cada una de las ramas básicas de la ciencia y debido a mi impresionante hoja de vida, no tuve más remedio que trabajar en el cargo más alto de investigación existente en el Gobierno. Éste ha sido mi único gran trabajo y tal vez el ultimo; pues la mayor parte de mi vida la gasté estudiando para obtenerlo.

Mi compañera de trabajo, Adalía, es la muestra perfecta de que una cara bonita abre miles de puertas; no cabe duda que sea una mujer inteligente y preparada, pero no tanto como para trabajar aquí. Ella también es la muestra perfecta de que ser familiar de políticos, abre las demás puertas que una cara bonita no pudo; sin mencionar todas las prebendas y leyes que favorecen en sobremanera a las mujeres profesionales de estos tiempos. Pero en fin, es buena trabajadora.

Fueron siete años de arduo trabajo, tuvimos semanas enteras sin dormir, días completos sin comer, en otras palabras, el único sacrificio que nos faltó por hacer fue el de dejar de respirar. Adalía me acompañó en esas arduas jornadas, era mi pareja de sacrificio e inmolación, y digo compañera en el sentido de "acompañante", porque realmente yo hacía la mayor parte del trabajo, mientras que ella principalmente miraba.

No puedo ocultarlo: odio a Adalía. No es por su arrogante belleza, tampoco es porque en el fondo de mi corazón reconozco que una mujer como ella jamás se relacionaría conmigo en un campo más allá del profesional; es simplemente que ella, Adalía Montenegro, científica de hermosas facciones y pensamientos superfluos, es quien tuvo la idea de crear el mundo que yo he creado con mis manos y esfuerzo, y el simple hecho de ser su concepción, la pone por encima de mí. Eso es lo que realmente me molesta.

Dicen algunos que lo importante de un genio son sus ideas, no la forma en que las desarrolle; sin embargo, es tanto el empeño que he puesto en este proyecto que lo siento mío y no dejaré que nadie me lo quite. Por otro lado, cualquier orate puede imaginar un rascacielos, una prótesis avanzada o la cura contra el cáncer; pero son los verdaderos genios quienes tienen la capacidad, el conocimiento, el potencial y la destreza para convertir una simple idea en realidad. Lo que me gusta de este proyecto, es que todos mis pensamientos teológicos tienen ahora un fundamento, un fundamento creado por mí mismo, un argumento con el que al fin podré derrumbar esas creencias primitivas sobre dioses y seres superiores. Es cierto que fue idea de Adalía, pero lo he creado tan celosamente que ella no sabría cómo hacerlo sin mi ayuda y eso, es lo que me da nuevamente el poder encima de ella.

El sistema de vida que yo he formado es muy complejo como para que lo entiendan los seres humanos que no alcanzan mi capacidad intelectual ni manejan la terminología avanzada que yo manejo. Y teniendo en cuenta que éste no es un informe académico, simplemente expondré mi cosmos como eso, un microcosmos artificial encerrado en una habitación oscura de cien metros cuadrados con diez metros de alto, aislada de cualquier contacto con el mundo exterior y totalmente esterilizada antes de iniciar el proyecto, a la cual se le incorporó una cantidad de elementos químicos que en todos sus aspectos es proporcional a la del universo que conocemos.

No hay nada infinito, ni siquiera el universo lo es como antes se especulaba; por ende, la cantidad de materia contenida en él también es finita, pero guarda una relación perfecta con todo a su alrededor, relación que yo calculé para poder reproducirla a escala exacta dentro de mi microcosmos. No fue nada fácil manipular las partículas subatómicas para desarrollar microátomos y micromoléculas que se comportaran de la misma forma en que se comportan los átomos y moléculas que nosotros conocemos, y que al exponer a una serie de radiaciones y aceleraciones de tiempo, dieron como resultado un universo como el nuestro.

Mi microcosmos posee ahora, después de siete años de haberse iniciado el proyecto, pequeñas estrellas, planetas, sistemas planetarios hermosos, hoyos negros, cometas, satélites y todo lo que hace parte de un universo. Pero lo más fascinante es que allí, en un rincón de aquel cuarto oscuro al que llamo microcosmos, hay una minúscula esfera de tan solo medio milímetro de diámetro donde se formó vida, donde yo formé vida.

Esta es una manera corta y sencilla de explicar a grandes rasgos mi proyecto. Con esta investigación de 7 años podré al fin obtener el reconocimiento que tanto merezco, podré retirarme y disfrutar en una mansión en las colinas los frutos de este trabajo para nunca jamás volver a preocuparme por las cosas de ésta insípida vida. Sólo necesito encontrar el momento preciso, el momento perfecto en el que mi universo se estabilice y pueda obtener conclusiones concretas, adueñarme completamente del trabajo y llevarme todo el crédito. Al fin y al cabo, me lo merezco.

El último año, fue exclusivamente de observación. Es necesario evaluar todos los posibles comportamientos del microcosmos antes de exponerlo ante el mundo; cualquier error podría traducirse en una catástrofe. No quiero quedar en ridículo ante los demás científicos, ni ver como todos mis sueños se derrumban por un mal cálculo, por lo que constantemente estoy verificando datos, aunque si algo malo pasara, podría culpar y perjudicar a Adalía por ello y esa idea no me suena tan mal.

Hemos estado día y noche del último año analizando la evolución del microcosmos. Parece estable y evoluciona con gran velocidad, hasta ahora no hay nada anormal pero no podemos arriesgarnos con la magnitud de energía nuclear que se maneja bajo estas condiciones. En este tiempo, Adalía ha estado más integrada al trabajo, pues nos hemos dedicado únicamente a su especialidad, la observación.

Esta mañana me levanté temprano, una inquebrantable idea no me permitió dormir como debía; estoy impaciente por mostrarle al mundo mi creación y creo que ya es hora de hacerlo. Toda la mañana imaginé como sería aquel día definitivo en el que mi trabajo sería observado por millones de personas; imaginé las cámaras a mi alrededor, potentes luces resaltando mi presencia sobre el podio de la gloria y todos los medios de comunicación traduciendo simultáneamente mis palabras para llevar un mismo mensaje al mundo: Yo soy dios. Desayuno algo ligero y me dirijo a los laboratorios. Adalía y yo vivimos en las mismas instalaciones donde está ubicado el microcosmos; así que para ir a trabajar sólo nos tardamos dos minutos mientras bajamos las escaleras de los cinco pisos que nos separan del experimento. Cuando entro al laboratorio veo que Adalía ya está ahí, lo cual es extraño ya que siempre llega tarde. Está tan concentrada monitoreando el pequeño planeta con vida a través del microscopio teledirigido que no se percata de mi presencia. Veo como sus ojos dejan de parpadear repentinamente y comienzan a abrirse estrepitosamente sin retirar la vista del monitor, su mano derecha suelta el control que dirige el microscopio y comienza a palpar toda la mesa en busca del bolígrafo que reposa a su lado y aún sin retirar la vista del monitor, sus labios susurran: ¡Oh! ¡Dios mío! No puedo controlar mi curiosidad y rápidamente me acerco a ella preguntándole si todo está bien, a lo que ella responde entusiasmada: - hemos desarrollado una raza inteligente... y son muy parecidos a nosotros - Observo el monitor del microscopio esperando encontrar alguna señal evidente de su afirmación, pues aunque ya habíamos desarrollado seres vivos, nunca habíamos logrado encontrar algunos inteligentes y entonces puedo verlos, pequeños seres amarillos desplazándose sobre dos extremidades; realmente son similares a los humanos.

Estuve toda la tarde hablando con Adalía intentando convencerla de exponer el microcosmos oficialmente. La aparición de esas nuevas formas de vida en el planeta es la publicidad perfecta que necesito; pero ella insiste en esperar más tiempo, en hacer más pruebas y predecir cualquier tipo de falla que pueda presentarse en el transcurso de los días.

No soy la clase de persona que espera a que la vida le ofrezca respuestas u oportunidades, tampoco soy de aquellos que obedecen ordenes femeninas; por esa misma razón me dirijo hacia la oficina de mi jefe, pues acabo de convocar una asamblea para comunicar el fabuloso avance del microcosmos. Entro a la gran oficina presidencial de los laboratorios, donde se encuentran sentados y a la expectativa, el presidente del laboratorio, algunos científicos e ingenieros de otras dependencias y cuatro personajes de ocupaciones burocráticas que apenas reconozco.

El presidente me saluda amablemente, pero su cara no deja de ocultar la incertidumbre que esta reunión de máxima importancia despierta en todos los miembros del recinto. Yo sonrío para disminuir la tensión del aire, que ahora posee algo más que formol y cloro.

- ¿Esperamos a Adalía Profesor?- Dice el presidente ya un poco más entusiasmado.
- No, ella no podrá acompañarnos hoy, está preparando todo para nuestro camino a la fama.
- ¿Podría ser más específico Profesor? – La cara del presidente resplandece a la espera de buenas noticias
- Los resultados no podrían ser mejores, no sólo hemos alcanzado a desarrollar vida en nuestro microuniverso, sino que hemos generado formas inteligentes que evolucionan en un pequeño punto de materia suspendida.
- Eso es asombroso – Señala uno de mis colegas y todos en la sala sonríen y dejan escapar expresiones de celebración.
- La magnitud de este hallazgo rebasa todas las expectativas que teníamos sobre su investigación Profesor Amoroso déjeme felicit…
- Quiero hacer público mi descubrimiento y esa es la razón por la cual he convocado esta asamblea – Interrumpo al presidente.
- Entiendo su afán profesor, pero estamos al tanto de los riesgos de este microcosmos. Sabemos que la energía contenida en ese cuarto oscuro podría acabar con toda la ciudad en cuestión de segundos si hay alguna falla en el equilibrio energético del sistema.
- Sí, de eso estoy absolutamente consciente, por lo tanto ya tomamos las precauciones necesarias. Yo

mismo me ocuparé de asegurar una demostración cien por ciento satisfactoria y segura.

- Sr. Presidente, ésta es la oportunidad que tanto estábamos esperando para poner a nuestros laboratorios nuevamente en la cima – dice uno de los burócratas de la junta.

El presidente dirige su vista hacia mí y con ojos esperanzadores me dice:

- Nuestros laboratorios no se encuentran en su mejor momento – suspira - como usted sabe profesor, hemos invertido todos nuestros fondos, tiempo y esfuerzos en su proyecto y aunque hemos contado con las inversiones adicionales de diversas entidades, nuestro nivel de producción se ha detenido casi totalmente en los últimos cinco años, el gobierno está considerando cancelar su inversión en nosotros y estamos a punto de quebrar... usted profesor Amoroso, es nuestra única salvación.

La reunión ha concluido, me han dado un plazo de dos meses para hacer las últimas pruebas y dejar todo listo para la presentación. Sé que no debí arriesgarme de esa forma, pero no puedo esperar más tiempo, toda mi vida he anhelado que algo fuera de lo común suceda con mi carrera y ésta es la oportunidad. Por eso mentí frente a la junta y por eso, le mentiré a Adalía sobre la presentación, le diré que la junta ordenó resultados inmediatos y que si no exponemos en un mes, perderemos el puesto y el prestigio ante la comunidad científica.

Antes de hablarle a mi compañera sobre la presentación, decido obtener toda la información posible sobre los seres inteligentes que yo creé. Me dirijo rápidamente al cuarto oscuro donde reposa mi universo y envío un microscopio teledirigido con el fin de realizar una completa inspección por todo el pequeño sistema. A medida que avanzo entre las montañas y valles de aquél planeta con vida, puedo observar que estos seres han avanzado con una velocidad increíble y al igual que nosotros los humanos, pueden modificar todo lo que se encuentra a su alrededor; sin embargo, puedo notar que su energía dinámica es muy inestable y si no arreglo este problema, en cualquier momento podría ocurrir una catástrofe.

- ¿Por qué estás tan asustado? – Irrumpe estrepitosamente Adalía mientras miro el monitor del microcosmos.
- Tenemos un grave problema Adalía, la energía dinámica de estos seres es muy inestable y si no la estabilizamos, podría destruir el microcosmos entero, lo que significaría a su vez, la posible destrucción de toda esta ciudad.
- ¡Oh Dios mío! – Exclama ella mientras corrobora con sus propios ojos en el monitor lo que le digo.
- Y eso no es lo más grave, la junta nos dio un plazo de un mes para concluir nuestra investigación y exponerla ante el mundo.
- ¿Pero cómo es Posible? Voy a hablar ya con ellos, ¡no nos pueden hacer esto!
- No hay nada que hablar, la decisión ya está tomada, un mes es el plazo que tenemos, de lo contrario los laboratorios quebrarán – Interrumpo enérgicamente antes de que ella cometa alguna locura y dañe mis planes. Finalmente desiste en hablar con la junta y acepta trabajar más rápido.

Empezamos a trabajar arduamente a partir de aquel mismo día para estabilizar los comportamientos de los "microseres" – Así decidimos llamar a estas criaturas – y evitar una posible tragedia.

Después de una semana de incesante trabajo de laboratorio, proponiendo e intentándolo todo, Adalía descubrió que los microseres responden a estímulos ondulatorios como la luz y el sonido, que graduados de cierta forma, pueden equilibrar su energía dinámica y alcanzar la estabilidad deseada. Yo construí un proyectil de ondas que permitiera regular la entropía del microcosmos; pues a pesar de ser idea de Adalía, ella no sabía cómo hacerlo. Adalía, muy orgullosa por su hallazgo, lo aplicó exitosamente, disparando una carga de luz y sonido al microplaneta, estabilizando las dinámicas de los microseres; nuevamente y después de estar cinco días sin parar dentro del laboratorio, ella y yo, pudimos descansar con la conciencia tranquila.

Anoche soñé que revelaba el microcosmos y la vida que en él reside frente a miles de personas, todos me aplaudían y elogiaban con gozo; mientras dormía sonreía y pensaba: que sueño más hermoso.

No todo en la vida puede ser tan hermoso y perfecto. Dos días después de haber solucionado el problema y estabilizar las dinámicas de los microseres, me di cuenta que el desequilibrio era ahora mucho mayor que antes y la microcivilización, por su rápido desarrollo, ya estaba al borde del colapso. No había más que hacer. La única solución era obvia, eliminar a los microseres existentes sin afectar las condiciones del microplaneta, para posteriormente así poder obtener vida inteligente en corto tiempo, sin tener que repetir todo este proceso llevado a cabo durante siete años. Adalía se sentía muy culpable por lo sucedido, ella había propuesto la solución temporal y aunque parecía funcionar, fue la manera en que se aplicó lo que produjo el aumento en la desestabilización. A pesar del terrible problema que teníamos encima, una pequeña satisfacción se posaba en mi rostro al ver la preocupación de tan ingenua mujer que creyó, como muchos intelectuales, poder salvar un universo con el primer chispazo de su vacía cabeza.

Las ondas de luz y sonido, sí alteran el comportamiento de los microseres, pero debimos aplicar esas radiaciones a una distancia muy corta y para que el efecto de estabilización sea permanente, se necesitan longitudes de onda más pequeñas.

Mientras discutimos los errores del bombardeo de ondas y analizamos la forma en que procederemos a destruir los microseres para repoblar posteriormente su planeta, Adalía sugiere que tal vez las dinámicas desordenadas de éstos son normales y que con el tiempo, llegarán al equilibrio perfecto que existe en el universo que conocemos. A mí no me gusta la idea de arriesgarnos así, no confío en nada inestable, esa es la razón por la cual muchos científicos no continuaron con sus investigaciones sobre nuevos átomos o sobre armas nucleares y lo que tenemos en este cuarto cúbico es casi eso, un arma nuclear capaz de volar la ciudad entera. Sin embargo, una pregunta recorre mi mente y perturba mis sueños ¿Adalía tendrá razón? ¿El equilibrio perfecto del universo se aplicará también para el que yo diseñé? ¿Si dejamos que los microseres continúen con sus dinámicas inestables, alcanzarán con el tiempo el equilibrio?

Está decidido, destruiremos la población actual de microseres y así la siguiente población no será influenciada por ninguna clase de ondas, dejaremos que se desarrolle libremente para comprobar si puede equilibrarse por sí sola. No sé por qué acepté la premisa de Adalía; tal vez algo en mí también cree que los microseres se estabilizarán por sí solos a pesar de su alto grado de desequilibrio o tal vez algo en mí, quiere ver como Adalía se equivoca por segunda vez, pues ella asumirá toda la responsabilidad de todo lo que pase de aquí en adelante.

El proceso de limpieza del microplaneta, es un trabajo delicado. Comenzamos aislando dentro de una cápsula a una pareja – macho y hembra – de cada especie desarrollada, manteniéndolas alejadas del efecto devastador del agua oxigenada. Sí, rociamos una gota de agua oxigenada sobre la superficie del microplaneta, que una vez lo cubre totalmente, empieza a desintegrar toda célula con vida dentro de él. Cuidadosamente retiramos el material muerto y esperamos unos días hasta que las condiciones del planeta sean las apropiadas para reingresar a los seres aislados. Así lo hicimos y el microplaneta alcanzó nuevamente el estado deseado justo antes de tener que exponer nuestro proyecto. Inexplicablemente, los microseres avanzan más rápidamente ahora y su inteligencia parece superar lo imaginable. ¿Pero cómo no iban a ser inteligentes si yo los creé? Están hechos por mí y basados en mí.

Hoy es el gran día, millones de personas están a la expectativa. Noticieros, periódicos y carteles en todo el mundo anuncian mi descubrimiento. "Los creadores de vida" dicen todos los medios publicitarios hablando sobre nuestro proyecto, por lo que ahora cientos de personas deambulan en los laboratorios esperando a que Adalía y yo retiremos el velo de la incertidumbre que mantiene oculto y protegido nuestro micro-universo.

Veo en una esquina a Adalía que practica una y otra vez su discurso; a decir verdad ella no tiene mucho que decir, pues como lo había comentado antes, yo fui el gestor de todo este proyecto. Mientras ella tan sólo hizo unas propuestas al aire, fui yo quien las hizo realidad. Ella fue la diseñadora del universo, yo fui el creador.

Pocos minutos nos separan de la presentación final, se escuchan los helicópteros sobrevolando muy de cerca los laboratorios, fanáticos religiosos protestando afuera, una turba desesperada de periodistas intentando ingresar por cada ranura existente y todo porque por fin el mundo sabrá que yo soy dios. Es normal que algunos sientan aversión por mí y otros me idolatren, acaso ¿Eso mismo no sucede con nuestro supuesto Dios?

Adalía y yo arreglamos los últimos detalles, ubicamos varios microscopios teledirigidos que proyectarán a todas las personas en el mundo lo que ocurre al interior del microcosmos, especialmente en aquél planeta con vida inteligente. Sin embargo, segundos antes de que se abra el telón, Adalía me llama con angustiosa voz y me dice: Tenemos serios problemas.

Como ella había sugerido, dejamos que los microseres evolucionaran sin ninguna clase de control esperando que ellos mismos alcanzaran su grado de homeostasis; pero no fue así. Sus dinámicas descontroladas han creado una situación caótica y justo en el peor de los momentos; pues antes de poder pensar en una solución, ya estoy en frente de la multitud que no deja de aplaudir frenéticamente mientras el telón se abre.

- Buenas noches damas y caballeros. Como todos sabemos, la vida es un misterio que durante millones de años ha estremecido nuestra imaginación llevándonos por caminos indescifrables de ideologías y creencias, las cuales concluyen irremediablemente en un círculo cerrado que gira en torno a nuestro origen y nuestra razón de existir.
Hoy, a puertas del siglo 22, éste círculo vicioso ha sido abierto por el conocimiento humano, mi conocimiento. Quiero presentar ante ustedes, lo que hemos denominado "microcosmos", que es nada más y nada menos, que la representación viva del universo entero, contenida en un cubo de finitas dimensiones.
Damas y caballeros, les presento el avance científico que no sólo cambiará la historia de la ciencia, sino que también

cambiará nuestra percepción de lo infinito y lo espiritual; ya que después de miles de años de buscar respuestas, de buscar la verdad, tenemos acceso a la razón de nuestro existir… -
En ese momento quedan al descubierto las pantallas que muestran las imágenes de los rincones más significativos y hermosos del microcosmos captadas por los microscopios teledirigidos, el público deja escapar al unísono un murmullo de admiración y espanto.

- …Galaxias, estrellas, planetas, satélites… un universo creado a imagen y semejanza del nuestro, donde al igual que en nuestro universo, en un rincón oscuro y desolado, reposa una diminuta esfera de materia con vida.

- El público empieza a aplaudir exaltado a medida que se muestran las imágenes de los pequeños seres amarillos, quienes deambulan de un lado a otro aparentemente sin ningún sentido. Mientras tanto, fuera del laboratorio y en el mundo entero, se observan reacciones de todo tipo, guerra y violencia se desata en algunas regiones.

- Ante sus ojos está el potencial del hombre; he aquí, la creación de mis manos, el fruto de mi mente y la derivación de mi existir. Aquí reposa la respuesta al origen de nuestra existencia, aquí se guarda el verdadero significado de la vida; pero antes de descifrar el intrincado misterio del universo, quiero presentarles a mi asistente, mi mano derecha en el desarrollo de este proyecto, Adalía Montenegro…

- El público comienza a aplaudir, pero Adalía no aparece. ¿Se ofendió acaso por haberla llamado "asistente"? Busco disimuladamente tras de mí evitando hacer notar mi confusión ante la audiencia, y en una esquina apartada, donde reposan los paneles de control y los sistemas de evaluación del microcosmos, puedo observar a Adalía bañada en sudor tratando de controlar lo que parece, será un desastre. Ella gira su rostro en torno a mí y hace un gesto tétrico de negación con su cabeza. Las alarmas de los laboratorios se activan, la multitud de espectadores que tuvieron acceso a las instalaciones se levantan de sus asientos y comienzan a especular alarmados sobre la caótica situación que se presenta. Las pantallas que muestran a los microseres y que en este momento seguramente están siendo vistas por el mundo entero, empiezan a registrar imágenes apocalípticas de ese pequeño planeta; seres derritiéndose bajo incandescentes llamas y agonizando por sus vidas, anuncian la destrucción del microplaneta, del microcosmos, de los laboratorios y seguramente de la ciudad entera. Yo intento apoyar a Adalía en los controles, pero ya es muy tarde, todos corremos hacia el refugio nuclear de los laboratorios y una vez adentro, nos damos cuenta que no todos cabemos en él, por lo que recurrimos a la violencia para alejar de la puerta a las personas sobrantes y poder cerrarla. Disparos, golpes y gritos entre las sombras de nuestro escondite, son lo último que se escucha antes de cerrar la escotilla y una vez aislados del mundo exterior, se siente el fuerte estruendo y la vibración de una explosión que parece eterna.

Después de veinte minutos de oír el ensordecedor sonido de la destrucción, cubiertos por la penumbra total de la inopia, se escucha un tímido murmullo que sugiere: - Ya terminó.

(…)

Han pasado 10 años desde aquel incidente que destruyó más de quince kilómetros a la redonda de la ciudad y cobró cientos de miles de vidas humanas. Pudo haber sido peor.
Adalía y yo, únicos sobrevivientes miembros del proyecto, fuimos juzgados por más de un mes bajo el cargo de negligencia profesional, destrucción masiva de la propiedad pública y por asesinatos múltiples culposos, principalmente.
Mi única salida ante la justicia, fue inculpar a Adalía como principal causante de la catástrofe, mostrando los reportes de laboratorio donde se constataba que yo siempre intenté

controlar las dinámicas de los microseres, mientras que ella, quiso dejarlos en libertad causando efectivamente la falla en el experimento. Todos los reportes habían sido firmados por ambos y Adalía asumía en el último, la responsabilidad de cualquier falla dejándome a mí exonerado de todos los cargos. Durante el juicio también alegué constantemente que la idea del micro-cosmos era propiedad intelectual de Adalía y que ella, debía responder ante su creación. Adalía fue condenada a la inyección letal, pero sus pocos conocimientos científicos le ayudaron a escapar un día antes de su ejecución. De vez en cuando Adalía llama a amenazarme e insultarme, pero sé que no es capaz de hacer ninguna de las terribles cosas que me ha jurado hacer. Lo importante es que se encuentra bien... Sí, claro.

Ahora soy el jefe de investigaciones militares para el gobierno de la primera potencia mundial, trabajo en el mismo proyecto que trabajé hace diez años y que por poco me cuesta la vida; pero ahora poseo mejores equipos, más ingresos y todo el crédito del experimento. Nuevamente he creado un universo entero y aunque ahora es más grande, debido a la proporción de partículas, sólo hay un planeta en el que existe vida inteligente, sólo uno, de nuevo.

Tengo tres ayudantes de laboratorio, dos de ellos son extremadamente jóvenes y a pesar de ser poco brillantes a comparación mía, son igual de ambiciosos que yo. El gobierno de este país nos mantiene en secreto y bajo lo último en sistemas de protección, ya que después del accidente pasado, son más los opositores a este proyecto.

Hablaré un poco sobre mis tres ayudantes, en primera estancia encontramos a mi mano derecha, un joven dinámico y sumiso - tal vez por eso es que le tengo tanta confianza – aunque es el menos inteligente de los tres, es el que más trabaja y quién más se preocupa por la seguridad del proyecto; su nombre es Peter Santamaría, caracterizado siempre por su amabilidad y altruismo, físicamente le caracteriza su largo y dorado cabello, más cuidado que el de una dama.

En segundo lugar está Ariel Bohórquez, es el nuevo del grupo, el más viejo y también el más aislado. Su rostro emana una sensación asfixiante a indiferencia. Aunque Ariel no posee una carrera científica fuera de lo común, su forma de ser y su edad avanzada harían pensar a cualquiera que tiene el doble de experiencia que yo, pero es tan sólo una fachada con la que oculta su insignificancia. Siempre está jalándose y retorciéndose el canoso bigote en actitud pensativa.

El último de mis ayudantes se llama Armando; apenas y pasa los veinticuatro, es un joven muy sonriente pero en ocasiones tanta risa me produce prevención, pues a veces no sé si se ríe conmigo o de mí. En todo caso, aún si resultara ser un hipócrita, su mente augura grandes cosas; pues nunca había percibido tantas ideas nuevas e ingeniosas reunidas en una misma cabeza.

Así termina la descripción de mis ayudantes, todos son al parecer, una combinación de personalidades y matices muy interesantes; pero a pesar de ser el creador de un universo, jamás podré terminar de comprender el cosmos que guardan en su cerebro... de todas formas, ni me interesa.

Volvamos nuevamente al tema de nuestro interés: el microcosmos. La vida inteligente que ha surgido en las nuevas instalaciones, por ser creada bajo los mismos conceptos y leyes del microcosmos anterior, nuevamente comienza a sufrir episodios de inestabilidad; sin embargo, como es costumbre, Armando descubrió una solución convincente y definitiva para regular la energía y fijar el equilibrio dinámico de los microseres.

Los microseres, al igual que nosotros, poseen una capacidad cerebral desarrollada y como nosotros, también gozan de conciencia para tomar decisiones o elegir sus patrones de conducta. La idea de Armando, tomando en cuenta que las ondas lumínicas y sonoras afectan de manera radical los comportamientos de los microseres y que deben irradiarse a distancias muy cortas, es la de alterar sus conductas directamente, de tal forma que ellos mismos opten por asimilar la orden que éstas emiten. Sólo se pude lograr un resultado sostenible si los microseres se regulan a sí mismos por convicción propia y no por imposición, es decir, el equivalente a modular sus conciencias. El pequeño detalle de su idea, y lo que la hace más fascinante, es que para alterar la "conciencia" de los microseres, debemos infiltrarnos en su mundo, como uno más de ellos.

Usando lo último en "yoctotecnología", hemos desarrollado una célula que inoculada dentro de un microser hembra, engendrará como resultado un robot orgánico que es físicamente exacto a los demás, pero que carece totalmente de pensamiento y conciencia; así que a través de una serie de antenas y emisiones celulares conectadas a mi cerebro, será controlado por mí. Yo le daré su pensamiento, en otras palabras yo seré su espíritu.

Nos ha llevado meses desarrollar la célula, es decir, todo lo que respecta a este proyecto es bastante complejo; pero hacer que una hembra de tamaño infinitesimal engendre una nueva criatura empleando una célula artificial es algo sumamente tedioso, aunque extremadamente apoteósico. De todas formas, una vez que logremos insertar la célula dentro de la criatura madre, será cuestión de segundos para que ésta dé a luz, ya que el tiempo existente dentro del microplaneta, es muy acelerado en comparación al nuestro.

Después de tantos intentos fallidos en el día, decido que es conveniente irnos a descansar, mañana con certeza nos irá mejor y por suerte, ya no contamos con la presión acosadora del tiempo.

Aún deseo con fervor ser reconocido por mi descubrimiento, pero la catástrofe anterior me enseñó que debo ser muy precavido y paciente; pues incluso en esta noche oscura, solitaria y callada, mis sueños me transportan nuevamente al pasado para recordarme el llanto de todos aquellos que estuvieron conmigo en aquel refugio y los horrorosos gemidos de aquellos que por la fuerza, tuvieron que esperar afuera la llegada de la muerte.

Ya ha llegado otro día. Después de haber padecido múltiples pesadillas, que se repiten una y otra vez noche tras noche, estoy dirigiéndome al laboratorio donde el universo descansa tranquilo. No sé si ya lo había mencionado, pero nuevamente estoy viviendo en las instalaciones que resguardan mi experimento, en fin, no puedo quejarme. Vivir donde se trabaja siempre me ha parecido una gran ventaja.

Al llegar a los laboratorios me encuentro con la sorpresa de ver a Ariel y Armando trabajando activamente, corriendo de un lado a otro y leyendo inquietamente los reportes de los días anteriores.

- ¿Qué pasa aquí? – Irrumpe Peter dentro de la cámara justo después de mí - ¿Por qué están trabajando tan temprano?
- Estaba por preguntar lo mismo – Agrego.
- Desperté a Ariel temprano porque creí encontrar la manera de lograr una fecundación perfecta y ahora que analizo los reportes, estoy seguro de que ya podremos realizarla.
- No paras de impresionarme Armando…

- ¿A mí por qué no me dijiste nada? – interrumpe Peter.
- Bueno, sólo necesitaba a otra persona para que me ayudara y viendo que la habitación de Ariel era la más cercana, decidí despertarlo a él; además, anoche estuvimos hablando de las posibles causas de nuestros anteriores fracasos, por lo que creí más conveniente trabajar con él. Ahora profesor Amoroso – dice Armando dirigiendo su mirada hacia mí – con sólo oprimir este botón, la célula que dará vida al vestido que con su mente usted controlará dentro del microplaneta, será inoculado en la hembra y teniendo en cuenta que el tiempo transcurre con más velocidad allí que acá, quiero que tome asiento, mientras Ariel lo conecta a una nueva vida.
- ¿Vamos a hacer esto ahora mismo? – Respondo con temor.

Esta situación es muy anormal. Mientras Ariel y Armando me llenan de aparatos y cables la cabeza, por mi mente pasan miles de pensamientos; es muy complicado imaginar que voy a nacer de nuevo, que voy a volver a pasar por la niñez, la adolescencia, que viviré nuevamente varios años en un cuerpo artificial, mientras que en la vida real, solo transcurrirán unos segundos. Antes de poder terminar mis pensamientos, un efecto anestesiante se apodera de mi ser, mis ojos se cierran y empiezo a soñar.

He vuelto a nacer, he vuelto a ser niño y un adolescente rebelde; pero esta vez de forma consiente y, debido a mis conocimientos, al ser un dios morando dentro de materia viviente, soy considerado un superdotado, un sabio, un joven de espíritu elevado. Estoy realmente impresionado con este planeta, vivir aquí es como haber estado vivo hace cientos de años en el mío. Lo más impresionante es ver como desde esta perspectiva, una partícula de tamaño micrométrico se convierte en un vasto planeta lleno de otros seres, amplias llanuras e insospechadas maravillas.

Los primeros 10 años aquí fueron una tortura, tratar de caminar con este torpe cuerpo, intentar hablar cuando mis cuerdas vocales aún no estaban desarrolladas y seguir realizando tareas tan primarias como comer, sufrir, defecar, etc. no era lo que esperaba al comenzar esta nueva vida. Sin embargo, mi cuerpo y mi misión en este microplaneta no es como la de cualquier otro, mi ser está lleno de energía y poder; yo puedo sentirlo y los que me rodean poco a poco comienzan a sentirlo también.

Esta clase de traje controlado por mi mente, en el que podría decirse que ahora me encuentro atrapado, está aquí por una simple razón: Darle más tiempo de vida a este universo y no me importa cuántos años más tenga que estar aquí, yo estoy dispuesto a cumplir este destino.

Desde joven me sentí en el microplaneta como nunca antes me había sentido en mi otra vida, estoy lleno de energía y espíritu, soy un ser especial con una misión y objetivos definidos, todos en este planeta quieren escucharme y seguirme. Mis "poderes", han servido de inspiración para muchos, he alejado el dolor, la enfermedad y el sufrimiento que acoge a varias de mis creaciones y de alguna forma, he aliviado el dolor que acogía mi alma; pues incluso estando en este mundo casi virtual, soñaba con el llanto y el lamento de aquellos a quien lastimé en mi búsqueda, sin sentido, de poder.

La respuesta para ser apreciado y valorado en mi otra vida siempre estuvo frente a mí y nunca la vi, ayudar y amar a los demás era el verdadero camino a la felicidad, la única forma para sentirme como anhelaba, para sentirme un dios.

Esta sociedad de microseres a la que ahora yo pertenezco, al igual que los seres humanos, poseen sentimientos, conciencia, ideales, sueños y me atrevería a decir que incluso alma (Sí, ya estoy empezando a creer en ella). Por eso últimamente a mi mente llegan esos recuerdos de todas las veces que destruí el microcosmos, en especial el recuerdo de aquella catástrofe, en la que no sólo destruí media ciudad, sino que con toda seguridad, arrasé con un planeta entero de indefensas criaturas.

Ya han pasado casi 30 años desde que llegué a este mundo; ahora que he estabilizado a miles de personas, ahora que los he ayudado por decirlo así, soy realmente un dios y la verdad ya no es tan atractiva la idea de regresar al mundo real, al mundo que me trajo tanta tristeza, decepción y sufrimiento; aunque debo hacerlo. Soy consciente que debo pagar por todo lo que he hecho. No bastará con corregir mi caminar si no pago aún todo el sufrimiento que causé o si no lo experimento en cuerpo propio; por esta razón, comenzaré un sacrificio de varios días en el que no consumiré ni beberé cosa alguna y por el contrario, caminaré ayudando a todos aquellos que tienen sed y hambre en el vasto desierto. Tal vez parezca algo drástico, pero también es una forma de irme despojando poco a poco de este traje. Ya debo volver a la realidad.

Pero como la vida nunca trae la felicidad completa, hoy soy perseguido nuevamente por mi pasado, las malas decisiones de mi vida anterior me perseguirán incluso hasta los confines de este universo artificial y no podré descansar hasta que asuma las consecuencias de cada una de ellas.

- ¿Tienes hambre? Imagino que ahora debes creer que eres dios ¿por qué no conviertes estas piedras en pan?

- ¿Quién habla? – pregunte a la extraña figura oscura de la que provenía la voz.
- ¿No me reconoces? Soy Ariel. Sólo me demoré unos minutos en conectarme después de que tú lo hiciste; es impresionante ver cómo transcurre el tiempo aquí de rápido. Estábamos monitoreándote pero todo era tan acelerado que tuve que venir hasta aquí.
- ¿Acaso existe algún inconveniente con el equipo o con el microcosmos?
- Todo está perfecto señor, a excepción de Peter que en estos momentos está inconsciente en el suelo del laboratorio.
- ¡¿Qué?! ¿Qué sucedió?
- Tan sólo se dio cuenta de mis planes con Armando y por eso tuvimos que golpearlo y amarrarlo. Armando le propinó un golpe directo a la cabeza con un tubo metálico.
- ¡¿Qué rayos está pasando?! Yo me voy a desconectar ya – Agrego mientras me invade una escalofriante sensación.
- Lo siento señor, pero olvidaba decirle que no se puede desconectar si alguien en el panel de control desde el laboratorio no lo autoriza. Si se desconecta en este momento morirá irremediablemente, tanto aquí como en el mundo real.
- Este también es el mundo real.
- ¡Exactamente! Usted debe saber muy bien entonces que el cuerpo no puede vivir sin la mente; usted es en este momento el espíritu de vida de la bio-máquina y ella es la que mantiene funcionando su cerebro, si ella muere estando su cabeza conectada, usted también morirá en este mundo – Interrumpe con un tono irónico – Si quiere puede corroborarlo saltando a este abismo, será el fin de su existencia aquí y allá en la vida real. Aun con el gran poder que tiene en este planeta no podría hacer nada por salvarse de una caída así, ni usted ni ninguno de los que estamos

en el laboratorio – Habla mientras señala un precipicio en la mitad del desierto.

- ¿Qué es lo que quieres? – Pregunto con confusión.

Ahora que lo pienso, es la primera vez que hablo por tanto tiempo con Ariel. Siempre ha sido muy callado y si de algo estaba seguro en esta vida, es que cuando hablara con él de esta forma iba a oír palabras tan importantes, que podrían cambiar el curso de ella.

- Profesor Amoroso, debo comenzar diciendo que Adalía está conmigo en estos momentos viendo todo lo que pasa en el microcosmos.

- Un frío punza todo mi cuerpo, tanto el artificial como el real. A pesar de mi inmenso poder dentro del microcosmos, nuevamente me vuelvo a sentir impotente.

- Sí señor, Adalía es mi esposa y junto a nosotros también se encuentra nuestro hijo. Es increíble como su falta de afecto e interés hacia las personas nunca le hayan permitido preocuparse por los apellidos de Armando Bohórquez Montenegro. Si se hubiera detenido a leer un poco más su hoja de vida seguramente no lo hubiese contratado. Por otro lado, tampoco le interesó la vida personal de mi mujer, nunca le interesó conocer a su familia ni compartir con ella algo distinto al trabajo.

- ¿Qué quieren? – Grito de forma desesperada

- Lo queremos todo. No sólo nos quedaremos con todos los créditos y los recursos de este proyecto, también lo vamos a destruir a usted, como usted destruyó la vida de Adalía.

- Mátame ahora... ¿Qué esperas? – Digo desafiante, tratando de ocultar mi resignación y mi desespero.

- Aún no es el momento. Quitarle la vida así nomás no sería gratificante para mí, ni para mi hijo, mucho menos para Adalía. En todo caso, su momento llegará pronto. – Siento su tono burlón. – También quería confesarle que su proyecto es y siempre ha sido una farsa, usted nunca creó nueva vida. Este planeta, estos seres a los que usted ahora ama como su familia, fueron inoculados artificialmente en el microcosmos.

-   ¡Eso es mentira!
-   ¿Seguro? Adalía se sintió frustrada por muchos años al no poder desarrollar vida artificialmente. Así que una tarde, sin que usted lo supiera, decidió encoger microorganismos...bacterias, hongos, protozoos, etc. y sembrarlos en uno de los planetas ya formados. Ella me lo confesó todo y por eso teníamos que participar en este nuevo proyecto. Volvimos a sembrar vida ya creada, para que usted pensara que era un dios. Nadie es capaz de crear nueva vida, siempre lo he dicho.
-   ¡Eso no es así! ¡Eso no puede ser! - escondo mi frente con las manos - ¡eso no puede ser!

En ese momento decido atacar a aquella sombra y por eso brotan fuego y luz de mis manos con las que intento pulverizarlo, pero el espectro de Ariel evade fácilmente mis ataques. Me acerco y sigo disparando ráfagas de poder en su contra, pero su velocidad me supera. Cuando ya estoy a un par de metros, salto hacia él con todo mi cuerpo, pero lo atravieso como si fuera una pared de viento y sigo directo hacia el abismo. - No puede ser, éste es mi fin – pienso mientras caigo varios cientos de metros al vacío.

Una multitud de microseres presencia mi caída hacia una muerte segura y se abalanzan a mi rescate. Algunos microseres trepan ágilmente la ladera del abismo y tratan de atraparme, entregando sus vidas por amortiguar mi caída, pues a medida que intentan detenerme, van cayendo al vacío conmigo; no obstante, yo sigo cayendo. Entonces veo cómo en tierra, en lo que será el final de mi caída, los microseres intentan formar un colchón con sus propios cuerpos. Voy cayendo tan rápido, que puedo asegurar que aquella amortiguación no será suficiente para salvarme.

Tan pronto mi cuerpo hace contacto con el cuerpo de uno de los microseres, siento como sus huesos se comprimen hasta romperse y con ellos los órganos; luego el efecto se repite con el microser que está inmediatamente debajo y así consecutivamente hasta aplastar varios pisos de nobles criaturas. Brota sangre en exceso, pero no me pertenece. Los microseres entregaron su vida por servirme, por salvar la mía.

Se ha formado un mar de sangre y de órganos pertenecientes a los microseres por todo el suelo. Los sobrevivientes me miran confundidos preguntándose por qué no los salvé de esa horrible muerte o por qué no me salvé a mí mismo y yo, con mi sabiduría infinita, no puedo contestarles que en el fondo, yo quería morir. Al ver que el trabajo de toda mi vida era falso, la ira cegó mi juicio y actué primitivamente como actuaría en el mundo real, lo cual casi me cuesta la vida en ambos casos.

Pasan los años y aún Adalía y sus cómplices no me han matado. Es obvio, en su mundo un minuto equivale a días en el mío. Mi influencia sobre los microseres ya no es tan grande como lo era antes de aquel incidente con Ariel, ahora dudan de mí. En ocasiones también siento que Adalía y sus secuaces los manipulan y les meten ideas en su cabeza adoptando aquella forma etérea y oscura. Él también es una especie de dios en este mundo y aunque no es tan poderoso como yo, ha sabido ganarse a sus seguidores. ¿Por qué no han creado otro microser como yo? Les tomaría mucho tiempo construir otra máquina "inoculadora" y para entonces, yo ya estaría muerto. Además, aún me necesitan para estabilizar el microcosmos, si es que pretenden quedarse con los créditos del proyecto. La verdad, ya no sé qué es lo que traman realmente.

Por más que mi vida no valga nada y mi suerte ya esté echada, me siento con la obligación de salvar a los microseres, ellos me necesitan y en mi interior siento que también los necesito. Salvarlos puede ser mi salvación. Por lo anterior, he decidido emprender una misión: le enseñaré a los microseres a modular su energía por sí solos. De esa forma ya no hace falta mi influencia directa y podría transmitirles las instrucciones detalladas para su salvación y la de sus generaciones.

Varios microseres me siguen, les he transmitido todo lo que sé y todo lo que puedo hacer. Poco a poco ellos han desarrollado mis habilidades, les he compartido mi poder. Pero por otro lado, también se ha formado un grupo en mi contra; Adalía, Ariel y Armando, por su cuenta, han hecho un formidable trabajo y disponen de un grupo de discípulos, quienes han desarrollado habilidades "obscuras" o así las llamo yo al ser contrarias a las mías.

Sigo esperando el movimiento de mis enemigos, pero aún sigo vivo. Saben que en cierta forma trabajo para su beneficio, saben que estoy ayudando a mantener existente al microcosmos. No obstante, empiezo a dilucidar su plan; piensan poner a todo el microcosmos en mi contra y hacerme vivir un infierno en este planeta. Muchos ya me ven como su enemigo y empiezan a confabular para destruirme. ¡Pobres almas! No entienden que quiero ayudarlas.

Mientras reyes y otros poderosos hacen planes para acabar con mi vida, yo me enfoco en mi misión. No es fácil motivar a estos seres, pues están llenos de prejuicios, de orgullos, de necedades, tal como nosotros los humanos. Aun mostrándoles mi gran poder y mis mejores intenciones, hay quienes me consideran su enemigo sin entender lo que puedo hacer por ellos.

Esta noche me ha despertado un gran estruendo, con el que todo el suelo a mis pies se sacudió. Me levanto de mi lecho, me asomo por la ventana y en el horizonte veo una gran luz que sale de la montaña. Salgo de mi pequeña y roída casa, la cual comparto con varios de mis discípulos, y me dirijo en dirección a la luz esperando encontrar algo de esperanza a las persecuciones y complots de los últimos días. Al acercarme a la luz, veo que se mueve como un espectro similar al que emitía Ariel cuando se presentó ante mí, pero con su voz me doy cuenta que se trata de otra persona. ¡Es Peter!

- ¡Doctor Amoroso! Pensé que no lo iba a encontrar, no sabía hacia dónde ir. Este mundo realmente es fascinante – Su voz se oía muy entusiasmada para ser de alguien que acababa de ser noqueado y sometido.
- ¿Peter? Pensé que Adalía y los otros te habían lastimado.
- Así fue, pero alcancé a alertar a la policía antes y ellos me salvaron.
- ¡Qué buena noticia! – Respondo con una gran exhalación de alivio.
- No es ni tan buena. – Su voz se torna triste - Debo irme con ellos y comparecer ante un juzgado, así que no tengo mucho tiempo.
- No puede ser – Mis esperanzas desaparecen nuevamente.
- Escucha, ellos se pudrirán en la cárcel, te lo aseguro; pero mientras tanto, debo decirte que por ahora no es posible desconectarte...
- ¿Qué? ¿Cómo? – Entro en pánico.

- Ellos instalaron alguna especie de dispositivo o software que impide que te desconectes del microcosmos sin que mueras aquí y por ende, en el mundo real.
- Esos hijos de... - Caigo sentado con mi espalda deslizándose sobre el tronco de un árbol, con mis manos alrededor de la cabeza, como símbolo de desconsuelo.
- Trabajaré en una tecnología o programa para desconectarte. Es posible que ellos te mintieran respecto a que mueras en el mundo real si mueres en el microcosmos, pero lo averiguaré y te sacaré de aquí como sea ¿De acuerdo? – Sus palabras no me consuelan en lo absoluto – Sólo debo ir con la policía y en cuanto regrese te sacaré de allí. – Recuesto mi cabeza contra el árbol y miro a Peter con tristeza. - No tardaré, debo irme – Suspira o eso pareciera ya que no veo su rostro, sólo veo aquella sombra brillante desvaneciéndose poco a poco – Mientras tanto, sigue haciendo lo que haces, el microcosmos se ha estabilizado bastante bien. Vine para decirte que el verdadero plan de esos criminales era desestabilizar el microcosmos, hacerlo explotar, destruir la ciudad entera y culparte a ti. Por eso han estado implantando ondas y modulaciones contrarias a las que tú viniste a implantar; así terminarían matándote y de paso destruyendo tu legado, tu trabajo y tu recuerdo.
- Bueno, eso me reconforta – Aunque al decirlo sonó irónico, en realidad sí me reconfortaba; por fin ya entendía las pretensiones de Adalía y su grupo. Ahora más que nunca sabía que debía trabajar más fuerte en regular las ondas del microcosmos.
- Adiós.
- Adiós amigo. Me alegra que estés fuera de peligro.

La luz se disipa entre la oscura noche y su intensidad decrece lentamente como si no quisiera irse tan pronto. Yo tampoco quiero que se vaya, me hace sentir esperanzado. Desciendo de la montaña, entro a la casa y vuelvo a mi cama, pues mañana será un largo día. Soy consciente que mientras Peter sale de los laboratorios, declara en la estación de policía, regresa y se sienta a trabajar en el modo de salvarme, aquí podrían pasar décadas. No me queda más opción que continuar con mi objetivo, mientras viva.

Tal como me lo advirtió Peter, los hostigamientos en mi contra se hicieron cada vez más fuertes. La semilla del mal ya estaba plantada, podía sentirlo, podía sentir cómo sus consciencias se confrontaban de alguna forma a la mía. Lo cual me entristece porque yo, yo sólo quiero ayudarlos.

Han pasado los días y no he vuelto a recibir noticias de Peter. Debo ser paciente, al fin y al cabo el tiempo no transcurre igual en nuestras dimensiones. Lo que para él son minutos, para mí pueden significar años. Mi cuerpo de "microser" ya no soporta más, siento el odio y la confusión de todos en este planeta; la duda de quienes me siguen también empieza a afectarme y me devora poco a poco desde mi interior. Mi luz ha empezado a apagarse.

No duermo en las noches, la carga se ha hecho cada vez más pesada. No sé si la consciencia me acosa por mis errores cometidos en la vida pasada o por el error que podría cometer en el futuro. Si estas criaturas mueren por mi culpa tendré sobre mis hombros el peso de millones de vidas y no importa si fueron creadas o no por mí, son vidas al fin y al cabo.

Esta noche en particular siento una gran presión, uno de mis seguidores ha declarado que me entregará a mis enemigos; me espera una larga jornada de tribunales y resoluciones, la justicia de los microseres es cruel y sanguinaria, pero eso no es lo que me preocupa, me preocupa no haber cumplido con mi objetivo. No pude salvarlos y con el tiempo, el microcosmos estallará llevándose gran parte del mundo real que yo conozco. Siento que los maté a todos, todos morirán por mi culpa.

Me alejo de mi grupo de discípulos y me dirijo a la parte de atrás de la casa. Mirando el cielo espero una respuesta, anhelo una ayuda, quisiera que Peter apareciera y me sacara de este padecimiento, así encontraríamos una alternativa y evitaríamos la destrucción del microcosmos y de mi ciudad desde el mundo real. Imagino mi cuerpo en coma, sentado en aquella silla y conectado por miles de cables y aparatos que me monitorean. ¿Cómo luciré? ¿Cuánto tiempo real ha transcurrido?

Mientras pienso en lo que se ha convertido mi vida, en lo que he hecho en este mundo y en lo que dejé de hacer en el real, veo un resplandor en las montañas - ¿Será Peter? - pienso ilusionado. Pero luego, a medida que enfoco mi vista, el resplandor se transforma en miles de resplandores más pequeños que se abren paso entre la noche. Ahora lo veo claro, han venido por mí, a cazarme en medio de la oscuridad como se cazaría a un monstruo, a un criminal. Sus antorchas son apenas una minúscula chispa comparada con el odio que llevan en su interior.

Tengo poder suficiente para hacerlos desaparecer en un segundo; pero no quiero hacerlo, estoy aquí para salvarlos no para seguir los impulsos de mi anterior ego. Sé que mis discípulos tratarán de protegerme y se formará una inútil guerra, así que los induzco a un sueño profundo y me entrego en paz. Uno de mis captores siente mi energía, percibe las ondas que mi cuerpo está diseñado para emitir y repentinamente intenta salvarme, pero en un rápido movimiento alguien corta su mano. - Aún hay esperanza –

pienso para mí, así que mientras le devuelvo el miembro perdido a mi fallido salvador, también lo dejo durmiendo profundamente. Todos se maravillan con mis poderes, incluso mis captores, pero su orgullo no les permite dar marcha atrás, tienen que seguir con mi arresto.

Como lo había previsto, por días enfrento tribunales, concilios y toda clase de juicios y, mientras me llevan por las calles de un lado a otro, me exponen a los transeúntes como la peor de las escorias. Hay quienes lloran y aún me claman por ayuda, mientras que otros me escupen, me golpean y me maldicen. También a ellos podría derretir, pero mi consciencia no lo soportaría. Son mis hijos, no importa que sean adoptados, los amo. Por alguna curiosa razón, de mi personalidad que en una época fue egocéntrica y egoísta, también siento que amo a todas las vidas que están en riesgo por mi proyecto allá afuera. Ya no quiero ser reconocido, ya no quiero ser el más grande, el creador de vida; sólo quiero salvarlos a todos.

En el último concilio me condenan por brujería, uso de la magia negra, conspiración, promoción de movimientos facciosos, falso testimonio y todo lo que pudieron inventar para ejecutarme. Me condenaron al peor de los castigos y haga lo que haga, ya no hay forma de librarme de él.

Mis extremidades, atadas con unas pesadas cadenas, cuelgan de dos postes, separados cinco metros entre sí. Es tanta la tensión que creo que mi cuerpo se separará en dos. No soporto más dolor y tampoco uso mis poderes para regenerar el cuerpo del microser que habito. Miles de personas se aglomeran a mi alrededor, los mismos que me han seguido por toda esta travesía de humillación y dolor. Por un lado están los que me insultan, escupen y golpean; incluso los guardias alquilan sus látigos para que todos tengan la oportunidad de golpearme con ellos. Pero por otro

lado, también está mi familia, mis padres, mis discípulos...
Todos fieles hasta el final. Los del segundo grupo quisieran
ayudarme, podrían intentarlo, pero hacerlo sería terminar
como yo o peor. Ojalá hubiese tenido una familia y amigos
así en mi vida real, pero al fin y al cabo, creo que fue mi
culpa el no tenerlos. En el mundo real también tuve cierta
clase de poder y no lo usé para el bien de los demás. Buscar
mi propio bien, pasando por encima de todos, fue lo que me
trajo hasta aquí, así que aprendí la lección muy tarde.

De tantos latigazos ya queda muy poco de mi piel. Mis
fuerzas sólo alcanzan para ver los restos de mi ser esparcidos
por el piso, a mi alrededor. Ya siento el fin cerca. Veo a los
microseres alegrándose de mi derrota y supongo que muchos
se están regocijando de mi muerte por igual, en el mundo
real.

Miro al cielo y aunque sé que en este "nanométrico" tamaño
estoy mirando realmente al techo de un laboratorio, lloro
pidiéndole a Dios, aquel en el que nunca creí, que me
perdone:

-    Padre, siempre supe que tú sí existes. No voy a
     pedirte perdón, sé que es demasiado tarde para
     corregir toda una vida de pecados y errores. Yo
     estuve equivocado toda mi vida. Quise tener éxito y
     gloria, pero fracasé. Nunca pude crear vida alguna y
     en vez de eso, destruí una y otra vez la mía y la de
     millones de seres vivientes. La vida, ahora sé que
     sólo tú puedes darla y sólo tú permites quitarla
     cuando lo crees conveniente. Tú que pasaste por
     todo esto, tú que te hiciste carne para salvarnos de
     verdad... Perdónalos a ellos, a estos seres inferiores,
     porque no saben lo que hacen.

LA MÚSICA DEL DIABLO

JORGE ANDRÉS LOZANO RIVAS
2009

LA MÚSICA DEL DIABLO

¿Quieres saber lo que siente tu alma?,
Escucha música.
Jorge Lozano

I

Martes. 5:38 p.m.

Las nubes son las mensajeras del cielo y hoy, el firmamento agrisado presagia una fuerte tormenta. Hasta ahora es martes por la tarde y Raúl Hurtado ya se encuentra cansado de su semana. En este momento debe investigar otro crimen, el último del día, pero sus ojos ya tienden a cerrarse por el cansancio. No ha dormido bien desde el domingo de la semana anterior.

Raúl desciende de la patrulla de policía y mira con desconfianza la enorme excavación arqueológica que tiene en frente. Sabe de antemano, por lo que oyó cuando llamaron a su despacho para reportar el crimen, que será un caso bizarro y confuso y por el clima, también bizarro y confuso, refuerza su sospecha. – Tengo un mal presentimiento – piensa mientras un escalofrío le punza la nuca.

Avanza en dirección a un conjunto de carpas azules, agrupadas estratégicamente para albergar a los trabajadores de la excavación en sus horas de descanso y así mismo, brindarles un espacio para resguardar las herramientas y sus ropas. Raúl no debería estar caminando en medio de la escena ni atender el caso sin un apoyo, pero así lo prefiere; hace varios meses atrás que fue ascendido al departamento de investigación, misma cantidad de meses que Raúl carece de compañero. El último compañero que tuvo fue asesinado durante una misión y desde entonces Raúl trabaja por su cuenta. Muchos dicen que es por envidia hacia él que nadie ha querido volver a trabajar a su lado. La verdad es que Raúl siempre se las ingenia para ahuyentar a los posibles candidatos a compañero y esa es otra de las razones por las que se mantiene así, solo.

Algunas gotas empiezan a mojar su sombrero café de ala corta, por lo que apresura su paso hacia las carpas. Siempre le han gustado los sombreros, especialmente por el clima de la ciudad; no es nada asociado con su nuevo cargo, no es que se tome su nuevo puesto de investigador muy a pecho y quiera parecerse a esos detectives del cine, de verdad le gustan los sombreros. Además, los sombreros ocultan su debutante calvicie que no es motivo de orgullo a sus cuarenta y cinco años. En fin, Raúl siempre encuentra razones para usar sombrero.

Esta mañana había más de noventa personas trabajando en la excavación; pero en estos momentos, todo parece un gran desierto. La oscuridad del cielo advierte que la lluvia está por caer con toda su fuerza. Un oficial de policía de bajo rango se asoma por la entrada y recibe a Raúl extendiendo su brazo derecho apuntando al interior de la carpa, mientras que con la mano izquierda sostiene la cortina de lona impermeable para facilitar el ingreso de su superior. Raúl hace una leve inclinación de cabeza al oficial que lo recibe y se abre paso por la carpa para ubicarse detrás de la cinta que demarca la ubicación del cadáver, ignorando a un hombre que, muy asustado, permanece sentado en una butaca de madera.

Raúl no entiende lo que ve, la escena es simplemente espeluznante, cruel y retorcida, en tal manera que su estómago se comprime y lucha por mantener en su interior la poca comida ingerida horas antes. Desde su perspectiva, frente a él hay una silla dándole la espalda en la que se ubica, sentado perfectamente, el cadáver de un hombre; sin embargo, la cabeza del muerto apunta en dirección contraria, hacia Raúl y sus ojos, aún abiertos, expresan el terror de un ataque impetuoso. ¿Quién podría atacar de forma brutal a un hombre de apariencia "bonachona"? Su cuerpo robusto y frondosa barba blanca, llevó a Raúl a pensar en Santa Claus inmediatamente.

-   A este hombre le rompieron de lado a lado el cuello – Dice Raúl afirmando lo obvio, inclinándose un poco para examinar el rostro y el cuello del difunto. Tras breves segundos de observación, gira su mirada con desdén buscando al oficial que lo recibió en la entrada y concluye: – Quien lo hizo tiene demasiada fuerza. – Raúl se reincorpora y masajea su cerviz intentando liberar el estrés; la escena de aquel hombre desnucado le recordó que su cuello está dolorido desde hace días.

Usando ambas manos, aumenta el espacio entre las cintas de seguridad con intenciones de pasar por el medio sin hacer mucho esfuerzo, pero un sollozo a sus espaldas llama la atención de Raúl, casi deteniéndolo en su paso extendido por encima de la cinta; es el "hombre asustado" limpiándose las lágrimas que caen por su rostro, a quien Raúl nuevamente mira de reojo evitando prestarle mucha atención y continúa con sus intenciones iniciales de entrar más a la escena del crimen. Raúl se ubica de frente al cadáver. Cuando la cabeza de una persona apunta al lado opuesto de su cuerpo, no se sabe con certeza cuál es el frente y cuál es la espalda, en todo caso, Raúl se encuentra de pie frente al pecho del obeso cuerpo. Le llama la atención la pulcritud de la ruptura cervical, los pliegues de la piel se estiraron a su máximo nivel, pero no hay rasgadura superficial alguna; todo el daño fue interno, los músculos, huesos y demás órganos se rompieron dejando un hematoma gigante en todo el contorno del cuello. Raúl también se sorprende del color azul intenso del hematoma, es como si la sangre se hubiese esparcido y coagulado casi de inmediato.

Raúl no es médico forense, pero con todos los casos de homicidio que ha visto en sus apenas seis meses como jefe de Investigación, ha aprendido algunas cosas. Sabe cómo se comporta la sangre y sabe que en esta ocasión la sangre se comportó de manera irregular. Si el sujeto estuviera muerto antes de que le giraran la cabeza como un tornillo ¿la sangre se habría comportado igual? ¿Se habría esparcido por el cuello dejando esa marca de vivo color azul? Esas son preguntas avanzadas que tendrá que hacerle al equipo de médicos cuando por fin lleguen, pues están tardándose mucho, como siempre. En todo caso, Raúl sabe que su equipo encontrará las pistas y pruebas necesarias para hallar culpable al pobre bastardo que está sentado, llorando con remordimiento en la butaca detrás de él.

El oficial pasa un portafolio a Raúl con las declaraciones del único testigo directo del homicidio, fotos de la escena y versiones de los trabajadores presentes el día de hoy en la excavación. El testigo principal obedece al nombre de Bernardo Alcázar, historiador del Museo Arqueológico Nacional y quien está a cargo de la excavación.

- Cuénteme señor Bernardo: ¿Por qué asesinó a este hombre? – pregunta Raúl mirando con absoluta frialdad al sujeto que solloza incontrolablemente en la butaca.
- Yo, yo no lo maté oficial... – Su voz se corta y sus ojos se llenan de lágrimas nuevamente. La expresión de Bernardo le recordó a Raúl la expresión que tenía su hija la noche anterior, cuando lloraba

inconsolable a causa de las constantes ausencias de su padre. Por un segundo, Raúl sintió que Bernardo era inocente, hasta que éste siguió hablando. – Fue el clarinete... él sólo... yo sólo... fue el clarinete. – Con desesperación en su mirada, Bernardo dirige su vista a los pies del cadáver. Un clarinete negro, desgastado y de apariencia lúgubre, se asoma bajo el asiento, junto a los pies de la víctima.

- Patrullero, hágame un favor y acompañe al señor Bernardo hasta la patrulla. – Raúl mira a Bernardo con desprecio, sabe que o bien está mintiendo y tratando de desviar la investigación o está totalmente loco o, lo más probable, ambas cosas.

- ¡Por favor! ¡Créame! ¿Usted me cree verdad? – Le suplica a Raúl mientras el uniformado le coloca las esposas, poniéndole las manos contra la espalda.

Raúl no lo quiere ver más, no quiere oírlo más. Le causa repudio que alguien cometa un crimen tan atroz y luego trate de disfrazarlo con mentiras de ese calibre. Es como si le estuvieran diciendo "idiota" de frente. En lo que a Raúl concierne de sí mismo, él no es ningún idiota. Hasta el momento, nunca ha fallado con sus percepciones como policía y por eso le molesta cuando alguien pretende engañarlo, manipularlo o peor, burlarse de él.

La mayoría de asesinatos que había investigado Raúl, eran causados por un cuchillo, una bala de pistola, una explosión, envenenamiento; el más bizarro que atendió fue causado por una banda de narcotraficantes, quienes desaparecían los cuerpos de sus víctimas en tanques con ácido, pero nunca había visto que a alguien le hicieran girar la cabeza 180 grados con tanta facilidad y frialdad, a plena luz del día, con casi un centenar de posibles testigos. Raúl ingresa de nuevo a la escena del crimen, atravesando las cintas de seguridad, para contemplar el antiguo clarinete que antes había pasado por alto. Se agacha y gira el clarinete hasta donde puede girar, utilizando la punta de su bolígrafo con el fin de evitar dejar huellas digitales sobre el instrumento; sin duda es una pieza única. ¿Cómo está el clarinete relacionado con el asesinato? ¿Podía un clarinete "desarticular" a una persona? ¡Locuras! Aunque es positivo para una investigación aceptar todos los puntos de vista y todas las declaraciones, incluyendo la del principal sospechoso, esta vez no podía hacerlo, lo que el testigo decía no tenía sentido.

En la misma butaca donde un par de minutos atrás lloraba el principal sospechoso y único testigo directo del crimen, Raúl se sentó a leer el expediente. A medida que avanzaba en la lectura, observando de vez en cuando la expresión atormentada del obeso cadáver, por su mente surgían nuevas preguntas. Si Bernardo lo mató y fue el único testigo directo ¿Por qué permaneció en la escena del crimen? ¿Realmente era la primera vez que estos dos sujetos se veían? ¿El clarinete será alguna artimaña de distracción para ocultar evidencia o incriminar a otra persona? ¿El clarinete…? ¿El clarinete? Los pensamientos de Raúl cesaron, pues en ese momento, como si una delgada bocanada de aire se hubiera colado por el instrumento, el clarinete emitió un sonido. ¿Realmente sonó el clarinete o no? Raúl se dio cuenta que no sabía exactamente cómo era el sonido de un clarinete y que quizás su imaginación le estaba jugando una broma. En todo caso, decide continuar con su lectura en la carpa contigua, lejos de la tétrica y hedionda mirada del asesinado y por supuesto, lejos del bizarro clarinete.

II

Declaración del Testigo Principal

NOMBRE: Bernardo E. Alcázar López

Hoy todo indicaba que sería un buen día. El sol irradiaba su máximo esplendor, la brisa había traído el aroma floral de la montaña hasta la excavación y hoy, a primera hora de la mañana, uno de los grupos hizo un hallazgo fascinante.

El Museo Arqueológico Nacional concedió los fondos para esta investigación y tramitó todos los permisos necesarios para iniciar la excavación gracias a dos vasijas antiguas, posiblemente del período y arte Jômon (nacido en Japón), que se hallaron en la zona. Debido a la distancia significativa en que fueron encontradas las vasijas, era muy probable que toda la zona fuese de importancia histórica y por eso valía la pena inspeccionarla.

El equipo de trabajo está conformado por 93 jóvenes arqueólogos, tres inspectores de excavación y mi persona, como líder principal del proyecto. El día de hoy no hubo ausencias por enfermedad ni calamidades domésticas, así que se contaba con todo el equipo humano.

A las 9:30 a.m., transcurrida hora y media de trabajo, uno de los escuadrones encontró a 6 metros de profundidad un estuche negro de grandes proporciones, aproximadamente de 70x40x25 cms. El hallazgo los condujo a activar las campanas y todo el personal se dirigió al lugar. Supimos inmediatamente que no se trataba de una pieza antigua y mucho menos japonesa, pero sin duda tenía gran importancia y debía ser examinada con detenimiento.

Al sacar el maletín de su confinamiento geológico, procedimiento que tardó varias horas tomando las precauciones necesarias en caso de ser una bomba u otro tipo de material peligroso, pudimos observar que sobre el cuero extrañamente bien conservado, había una inscripción en relieve que decía *Crampon*. Nos llevó otra hora de investigación por internet para constatar que se trataba de un clarinete; era de los primeros en ser producidos en masa y de los más reconocidos en el mundo. El instrumento no era una pieza arqueológica, como mencioné anteriormente, pero el particular hallazgo produjo una gran emoción. Todos cavaban con más fuerza y entusiasmo, todos querían encontrar algo.

A las 11:30 a.m. aproximadamente, el maletín se encontraba sobre mi escritorio y en presencia de todos los trabajadores de la excavación, decidí abrirlo tomando todas las precauciones del caso. Usé guantes, tapabocas y toda la delicadeza posible. Aún no teníamos certeza que fuera un clarinete, pues no tenía sentido que alguien hubiese enterrado un instrumento a tal profundidad; pero tampoco tenía sentido que hicieran lo mismo con un explosivo. Todos concluimos que era un objeto de alto valor, que alguien estaba ocultando en una caja de clarinete y que debíamos descubrir. Como la carpa no tenía suficiente capacidad para albergar a todos los curiosos, di prioridad para quedarse al escuadrón que encontró el maletín y los demás se iban turnando, entrando brevemente, tomando fotos y saliendo en seguida para darle paso al siguiente grupo de personas.

Al abrir el maletín confirmamos con algo de decepción, pues creíamos que era algún "tesoro", que lo que contenía era un hermoso y particular clarinete. Se encontraba casi intacto excepto por una gran rasgadura en la madera, la pintura caída en algunos puntos y un fuerte olor a viejo que de inmediato se apoderó de toda la carpa. Cuidadosamente armé el instrumento, siguiendo mi lógica y un manual de instrucciones que uno de los arqueólogos encontró por internet para modelos parecidos de clarinete. Limpié la boquilla cuidadosamente con alcohol del botiquín y traté de hacerlo funcionar soplando varias veces pero no se emitió sonido alguno. Pensé que lo había armado mal o que estaba exhalando de forma incorrecta; el intento lo único que hizo fue dejarme un profundo sabor a moho en la garganta. Volví a desarmarlo y dejar cada pieza en su lugar.

Después de una amplia contemplación y de una gran sesión de fotos con el instrumento, decidí llamar a un amigo experto en piezas antiguas con el cual pudiera tener claridad sobre su valor histórico y por supuesto económico.

Ya era más del medio día cuando llamé a mi amigo Vicente Poveda, dueño de un anticuario en el centro de la ciudad. Vicente dijo que no sabía mucho sobre clarinetes antiguos, confirmó que en mis manos tenía una pieza costosa, fina y antigua; pero que para tener un valor verdadero del objeto, debía hablar con Abel Gallardo, músico, director de orquesta sinfónica y uno de los conocedores más relevantes de instrumentos en todo el continente. De inmediato me puse en contacto con Abel y concretamos una cita de inmediato. Mientras hablaba con Abel, noté una gran emoción en su voz que crecía con el avanzar de la charla. Entre más detalles le contaba al "maestro" respecto del clarinete, mayor se hacía su interés. Casi que podía ver su sonrisa a través del teléfono. No sé cómo lo logró pero el "maestro", como le decía Vicente, llegó a la excavación en tan sólo una hora.

Era la 1:30 p.m. cuando estreché su mano. Declaro por escrito que era la primera vez que veía a Abel Gallardo y que cuando hablamos por teléfono, fue la primera vez que oí su voz, si es que esta declaración tiene alguna validez. También declaro que jamás había oído su nombre hasta este día.

Hablé unos minutos con Abel fuera de las carpas, a la intemperie, en compañía de los tres inspectores principales quienes pueden constatar que para Abel, también era la primera vez que me conocía. Posterior a los preámbulos y saludos acostumbrados, invité al maestro a seguir a mi oficina, en la carpa principal.

Abel se escuchaba más amable por teléfono que en persona, la primera impresión que tuve de él tras conocerlo, es que su carácter era fuerte, seco y temperamental. Su físico grueso, ojos claros y barba blanca perfectamente arreglada eran engañosos; pues una vez clavaba su mirada en alguien resultaba intimidante a pesar de su charlar pausado y educado. Supongo que manejar a tantas personas en su trabajo, lo había vuelto imponente.

Cuando coloqué el estuche de cuero negro en mi escritorio, frente a él, su mirada cambió de inmediato; pude ver como una sonrisa nacía en su rostro y me contemplaba con ojos de satisfacción. Sus palabras textuales fueron: *"Esto mi querido amigo, es una joya musical. Una pieza maestra. No entiendo cómo alguien pudo abandonarla de tal manera"* y ni siquiera aún había abierto el estuche.

Inmediatamente se colocó un par de guantes blancos de algodón y examinó el estuche en cada una de las 6 caras con suma delicadeza, parecía intentar curar con sus guantes algunos de los rayones presentes en el cuero. Dijo que aquél era el estuche original, antes de volverlo a colocar sobre mi escritorio y liberar los broches, los cuales hicieron un fuerte ruido esta vez; supongo que generar un fuerte sonido de apertura, era una forma de verificar su buen estado.
Recuerdo que al abrir el estuche y contemplar su interior, él invocó a Dios. Según Abel, nunca había visto un clarinete como éste. Hizo unas descripciones muy específicas sobre los materiales y el pulido diseño que tenía el cuerpo y la

campana del instrumento, descripciones que no recuerdo muy bien. Casi de inmediato se dispuso a armarlo con cuidado y actitud ceremoniosa.

Una vez armado el clarinete, Abel tomó su pañuelo de terciopelo negro, limpió la boquilla con emoción visible en su rostro y tocó un par de notas aleatorias. "Suena perfecto" dijo, y sabiendo lo que eso significaba, ambos empezamos a reír de emoción. Afirmó que el clarinete podría costar entre 50 mil y 100 mil dólares y dijo que lo podría vender fácilmente dentro de su círculo social. Salí entonces a mi auto para tomar una botella de champaña que acababa de comprar junto con el mercado de la semana, con el fin de celebrar el hallazgo y la posible venta del clarinete. Una suma así es lo que necesitaba el Museo para futuras investigaciones.

Cuando regresé a la carpa con la botella de champaña y un par de vasos plásticos, el maestro Abel interpretaba una hermosa melodía. Yo estaba muy emocionado y noté que Abel también, cada nota que expresaba, pareciera salirle del corazón, estaba como transportado a otra dimensión.

Abrí la botella de champaña y el corcho salió volando chocando contra el techo de la carpa y perdiéndose detrás de unas herramientas abandonadas. La espuma en la botella empezó a derramarse rápidamente por lo que serví el champaña en los vasos plásticos, cuidando de no desperdiciar una sola gota de él; mientras tanto, Abel continuaba interpretando la melodía con total concentración. Abel finalmente abrió los ojos y al ver el champaña servido, asintió con la cabeza indicando con su mirada que la idea del brindis le había complacido. Unos segundos después, terminó su canción con una nota bastante alta y estridente, a lo que sonrió y puso el clarinete sobre sus piernas.

Lo que pasó después de terminar la canción es algo que aún no logro explicar. Abel colocó el clarinete sobre sus piernas, pero de un brinco se puso en pie dejando caer el instrumento bajo la silla, él no sabía en dónde estaba y tampoco podía verme ni escucharme, o eso parecía por las cosas que decía. Al comienzo yo me preocupé en sobremanera al ver como el clarinete golpeó el suelo, pero me tranquilicé inmediatamente al ver que el prado había amortiguado un poco su caída. La preocupación volvió a mí, al ver la cara de terror y desconcierto de Abel quién repetía una y otra vez: ¿Dónde estoy? ¿Por qué hay tanta sangre?

Intenté hacerlo entrar en razón, intenté calmarlo, pero actuaba como si yo no estuviese allí, no me escuchaba y por alguna razón tampoco me miraba a los ojos. Abel tan sólo miraba a su alrededor como si estuviera en un lugar desconocido y horrible. Al ver que no reaccionaba y que sólo contemplaba todo a su alrededor y preguntaba incoherencias, decidí pedir ayuda y justo cuando me disponía a salir de la carpa para activar la alarma, Abel dejó de hablar. Entonces me volví hacia él y vi como su rostro reflejaba todo el miedo del mundo. Abel estaba viendo algo en su mente que yo no lograba ver ni comprender y ese algo, le generaba un profundo espanto, al punto que una lágrima cayó por su mejilla. Yo sólo intentaba descifrar lo que le ocurría, pensando que quizás el clarinete se había contaminado con algún microorganismo o sustancia alucinógena que le afectó la cabeza mientras lo usaba.

Abel, con miedo en su rostro y mirando al vacío como si estuviese hablándole a alguien frente a él, dejó escapar sus últimas palabras: ¿Quién demonios eres tú? Palabras que fueron seguidas por el brusco girar de su cabeza 180 grados. Escuché cómo sus vértebras y huesos crujían, mientras escapaba la última bocanada de aire de su cuerpo; el sonar de los músculos rasgándose fue insoportable aun cuando todo tardó menos de un segundo. Jamás había escuchado ni visto algo así. Abel cayó como un bloque sobre la silla, como si alguien muy fuerte lo estuviese sosteniendo para dejarlo sentado, yo no habría podido con su peso, pero lo único que pude hacer fue lanzar un horrible grito para luego salir de la carpa gritando aún más fuerte clamando por ayuda.

Aunque ninguno de los trabajadores podía creer lo que veía, todos de alguna manera me juzgaban con su mirada. Absolutamente todos me creyeron culpable, mientras yo aún trataba de entender qué era lo que acababa de ocurrir.

Llamamos a emergencias y yo consentí en que la policía hiciera acto de presencia, no sólo para que me ayudaran a salir de entre tantas sospechas, sino que también me ayudaran a esclarecerlas; pues nada de lo que acababa de ocurrir tenía sentido en mi cabeza.

Me declaro inocente. Lo juro, lo juro por lo más sagrado que tengo. Lo juro por mi trabajo, por mi familia y por mi vida.

III

Miércoles. 1:16 a.m.

Se han caído las llaves de sus manos, Raúl no quería hacer mucho ruido pero ya es muy tarde, su cansancio físico y mental le impidieron atrapar las llaves en su trayectoria descendente al escalón de madera en la entrada de su casa. Son muchas llaves y el ruido emitido pareciera haberse escuchado por toda la cuadra. De repente el verde prado de su antejardín se ilumina un poco tras el sonar de un interruptor; ha despertado a su esposa y ella ha encendido la luz de la habitación conyugal ubicada en el segundo piso. –

Ojalá Kiara no se haya despertado – Piensa en su cansado cerebro.

Raúl ha vuelto a casa después de un horrible día de trabajo y eso lo alivia. Deja escapar un suspiro de paz después de cerrar, con mucho cuidado de no hacer más ruido, la puerta principal a sus espaldas. Se retira con suavidad su sombrero y lo acomoda en el perchero ubicado en el pequeño *hall* a la entrada. Aún en la oscuridad, nota que el sombrero tiene colgando un largo hilo brillante, el cual retira con miedo de que éste sea parte de alguna costura raída de su sombrero favorito; para su tranquilidad, no lo es. Raúl propina unas delicadas palmadas a la solapa del sombrero, esperando quitar cualquier otro cuerpo extraño en él y lo reacomoda tratando de posicionarlo lo más centrado posible sobre el perchero. A Raúl le gustan mucho los sombreros.

La larga chaqueta café no corre con la misma suerte del sombrero, Raúl se la quita rápida y descuidadamente y la ubica, sin prestarle mayor atención a su estado final, en un gancho a nivel inferior del sombrero. Ya quiere ir a dormir, le quedan 4 horas para hacerlo. No obstante, algo en su chaqueta le llama la atención, otros hilos blancos reposan sobre ella. Cuando Raúl se dispone a retirarlos, nota que su mano ha sido enrollada por el primer hilo, el que encontró en el sombrero, como si éste se hubiese alargado para poder darle la vuelta a sus dedos y atraparlos. Los hilos se estiran casi indefinidamente hasta que son tan delgados que parecieran desaparecer; después de unos minutos de jugar con ellos en sus manos, estirarlos de una a otra y ver como la poca luz que entra de la calle y del segundo piso se difracta generando en ellos los colores del arcoíris, los hilos se desvanecen. ¿Qué eran esos hilos? Muy gruesos para ser telarañas, muy delgados y volátiles para ser nylon. ¿Eran acaso un producto de su imaginación y su cansancio? Raúl se lleva las manos a la frente, con la incertidumbre de poder diferenciar lo que es real y lo que es falso. En ese preciso instante, una mano delgada, blanca y fría le toma del hombro.

- ¿Qué haces? – Pregunta una aguda voz a sus espaldas.
- ¡Oh! Mi amor, que susto me has dado – dice Raúl aún sobresaltado por la inesperada aparición.
- Ves muertos y crímenes todo el día y ¿te asustas con tu esposa? Eso es muy halagador – dice la cansada y despeinada mujer con tono burlón.
- No digas eso, me tomaste desprevenido – sonríe Raúl.
- Ven a la cama, está muy tarde. – y con la dulzura que siempre la ha caracterizado, le propina a Raúl un tierno beso en los labios, al cual Raúl apenas reacciona. Ella se mantiene cerca, esperando recibir otro beso, esperando extender al infinito el primero, pero nada pasa. – Vamos – dice esta vez con algo más de firmeza y le toma de las manos guiándolo hasta la escalera que conduce a las habitaciones.

Raúl se siente avergonzado. Sabe que su esposa, Marcela, no ha dormido en los últimos días, sabe que ella estuvo despierta toda esta noche esperándolo y si no fue así, es consciente que la despertó con la torpe caída de sus llaves. También sabe que debió ser más efusivo al verla y por sus doce años de matrimonio, también sabe que ella entiende y asume lo cansado que él está y que eso le excusaría de su falta de afecto hoy.

Mientras sube las escaleras entapetadas, dócilmente halado de la mano por su esposa, Raúl observa las decenas de retratos que adornan la pared. Son muchas las fotos colgadas cuidadosamente y en hermosos marcos para mostrar la secuencia cronológica del amor entre Raúl y Marcela, así como la conformación de su nueva familia. Lo primero que piensa es que el tapiz beige adornado con flores no es nada masculino para la casa de un policía, pero lleva así por años, así lo escogió su esposa desde el primer día que llegaron a vivir allí. La decoración y mantenimiento de su casa, siempre ha sido responsabilidad de Marcela, aquella que en las fotos se ve sonriente y feliz, aquella que en las fotos aún no tiene cabellos plateados ni arrugas alrededor de sus ojos, aquella que poseía un largo y brillante cabello negro a sus 28 años, edad en que conoció a Raúl. La cara dulce y angelical de Marcela en su juventud, transportan a Raúl a tiempos más felices, más sencillos. Raúl se siente completo un instante, el instante que le devolvió la habilidad de recordar, habilidad que dichosos, tenemos todos los seres humanos.

La ternura en el rostro de Marcela sigue intacta, ni las raíces encanecidas de su cabello, ni los tenues pliegues de piel que han florecido en sus ojos, ni las líneas que bajan marcadas a los costados de su nariz hasta la altura de sus labios, han podido aplacar la dulzura que lleva en su interior. Es sin duda una gran mujer, esposa devota y madre abnegada. La edad no hace justicia a nadie, tampoco la pobreza, y esta pareja tuvo que vivir ambas. Raúl nunca dejará de culparse por no haberle podido ofrecer una mejor vida a su mujer, culparse por las noches en que ella pensó que él no volvería a casa y por la muerte de su primer hijo sin haber nacido. A Marcela no le molestaba vivir con mesura con tal de tener el amor incondicional de su esposo, pero Raúl quería y quiere darle mucho más, ella se merecía mucho más.

Marcela ayuda a cambiar de ropa a Raúl conforme a una tradición de hace muchos años, la cual ya no recuerdan en qué momento empezó. Mientras le quita la camisa, masajea su pecho y le mira fijamente a los ojos, pero no recibe señal de afecto alguna. Raúl no la merece, se siente culpable y su culpabilidad no le deja amarla como antes. Antes de colocarle la camisa del pijama, Marcela intenta un último movimiento, le besa con pasión y le acaricia sus mejillas, pero Raúl permanece inmóvil, concentrado en el infinito techo de su habitación.

Raúl cae rendido en la almohada y su esposa le arropa con tristeza. Ojalá ella pudiera dormir tan plácidamente como él, pero no, Marcela no dormirá esta noche tampoco, los pensamientos no la dejarán.

IV

Miércoles, 8:05 a.m.

Sobre la mesa: Fruta fresca, jugo de naranja, un sándwich de jamón y queso perfectamente cortado y tostado, junto a unos deliciosos huevos revueltos. El desayuno preparado por Marcela está delicioso pero Raúl no lo come, se encuentra entretenido hablando con su linda hija de 11 años, Kiara. El desayuno es el único momento del día, durante los siete días de la semana, en que puede compartir con ella y no piensa desperdiciar un minuto a su lado en algo tan trivial como masticar e ingerir comida.

Kiara tampoco come su cereal juiciosamente, sabe que es la única oportunidad que tendrá de hablar con su padre y contarle todo lo que ha sucedido en su colegio. Todas las mañanas le hace un resumen de sus pláticas con compañeros, de sus clases de ballet y música, y de su trato con los malvados y los buenos profesores.

Kiara se pone triste cuando escucha el pito de su transporte escolar esperándola afuera, significa que el tiempo con su papá finalizó y que tendrá que esperar hasta el día siguiente para volver a hablar con él. Con extrema rapidez Kiara se dirige hacia Raúl y trata de rodearlo con sus cortos brazos en un abrazo eterno. Ella lo ama, y trata de apretarlo con una fuerza equivalente a su sentimiento por él. Raúl es un buen padre y Marcela se lo recuerda a Kiara todos los días, contándole historias de cómo él arriesga su vida en su trabajo por preservar la paz y la justicia en la ciudad.

Después de abrazar fuertemente a su hija, Raúl se levanta de la mesa, toma una chaqueta negra y uno de sus sombreros de ala corta del mismo color para salir rápidamente a su trabajo, no sin darle un tierno beso en la mejilla a su esposa. Marcela observa con preocupación la mesa y se da cuenta que su esposo tan sólo tomó un poco de jugo de naranja como desayuno.

Miércoles, 9:00 a.m.

Puntual como siempre, Raúl está acomodando varios archivos desordenados y aparentemente abandonados desde la noche anterior en su escritorio. No le gusta el desorden, pero han sido semanas agitadas y no ha tenido tiempo de mantener limpia y ordenada su oficina.

La jefatura de policía ya está empezando a llenarse y la frecuencia con la que descansa el ruidoso timbre de los teléfonos es cada vez menor. En cinco minutos más, ya empezará a desfilar gran cantidad de detenidos y personas declarantes frente al gran vidrio de su despacho. Raúl se siente aliviado de que esos ya no sean sus casos, fue promovido y ahora sólo le conciernen las investigaciones en campo, las cuales son menos riesgosas y tediosas. Al ver sobre uno de los estantes el gigantesco estuche de un clarinete, Raúl recuerda el grotesco caso de ayer y se da cuenta que tiene mucho trabajo para hoy. Toma su teléfono y llama al laboratorio de criminología esperando que alguien venga a llevarse la "prueba principal" del caso. Antes de que retiren el clarinete de su despacho, Raúl medita si es posible que exista alguna sustancia o microorganismo que ocasione la torcedura del cuello a tal punto de hacer girar la cabeza de una persona como en la famosa película "El Exorcista". ¿Será acaso factible que un hongo le haya generado a Abel Gallardo una especie de ataque epiléptico o convulsión tan fuerte y violenta que éste mismo haya hecho girar su cabeza 180 grados y matarse? Eso explicaría las alucinaciones de las que hablaba el director de la excavación... – No, es absurdo, es poco probable – piensa Raúl para sí – es obvio que el desgraciado de Bernardo Alcázar mató a ese hombre con sus propias manos. Raúl no confía fácilmente en los demás.

Mientras Raúl reflexiona sobre aquel abominable caso, alguien irrumpe en su oficina por la puerta principal, es su jefe y mejor amigo, el teniente coronel Santiago Gamboa.

- Raúl, te necesito con urgencia.
- Sí mi teniente coronel, a su servicio – Raúl se incorpora de su asiento y le mira expectante.
- Encontramos la guarida del "matón" de Calatrava.
- Esas son muy buenas noticias Santiago pero ¿qué puedo hacer por ti?
- Vamos a diseñar un "operativo flecha" para capturarlo de inmediato...
- Yo puedo ayudarlos a diseñarlo, pero recuerda que yo ya no tengo que ver con ese tipo de casos, esa no es mi área – interrumpe Raúl con algo de preocupación, adelantándose a lo que pudiese venir.
- Raúl, no tengo tiempo para esto – dice Santiago con firmeza – tú más que nadie sabes la fuerza armada con la que cuenta Calatrava en la ciudad, necesitamos a todos los policías disponibles y los mejores – señala a Raúl.
- Es decir que: ¿no sólo debo ayudar a diseñar el operativo sino que también debo participar en él? – Las manos de Raúl y su frente, empiezan a sudar.

- ¡Así es teniente! – Santiago no aceptará un "No" por respuesta y aunque tiene el poder total sobre el teniente investigador, éste es su amigo, así que se calma y camina lentamente hacia él – Escucha, haber atrapado a los dos cabecillas principales de Calatrava y al mismo Calatrava, fue lo que me permitió ascenderte y nombrarte investigador. Sé que siempre te preocupó tu seguridad, siempre has querido estar seguro para Marcela y para Kiara.
- Es una misión peligrosa…
- Sí, cuando atrapaste a Obregón, a Raigoza y a Calatrava fue más peligroso, eran tres y aun así tú y tu compañero los atraparon.
- Mi compañero que en paz descanse – complementa Raúl con un tono de tristeza y rabia.
- Sí – al ver la mirada acusadora en Raúl, Santiago le coloca su mano en el hombro tenuemente y se aleja – es la última vez que te pediré ir a una misión así; pero estamos hablando de la guarida principal de Calatrava, tú sabes lo que hay allí.
- Sí, ya lo imagino.
- Últimamente mis finanzas no han estado bien Raúl y sé que las tuyas tampoco… - Santiago intenta acercarse nuevamente a Raúl pero éste interpone su mano entre los dos, obligándole a conservar distancia.
- No hables más, voy a ir. – Santiago sonríe tras la contestación de Raúl.
- ¡Perfecto! ¡Me alegra! Para que estés tranquilo, te asignaré a un compañero.
- No, yo preferiría ir solo. – Contesta Raúl con profunda decepción en su mirada.
- Si Marcela supiera que vas a hacer esto ¿Crees que te dejaría ir solo? – Raúl esquiva la mirada de Santiago - No te preocupes, es un muchacho nuevo, lo transfirieron del sur y aún no tengo compañero para

él, así que también es perfecto para ti. Después de la operación de hoy, pasará al departamento de investigación contigo.

- Pero…
- Es una orden Teniente – Vuelve a buscar la calma que perdía – Es por tu bien, Raúl.

Antes de retirarse de la oficina de Raúl, el teniente coronel Santiago Gamboa, se detiene ante la caja negra que reposa en la estantería junto a la puerta.

- ¿Ese es el clarinete del que me hablaste ayer? – pregunta Santiago.
- Sí, ese es.

Santiago lo coloca sobre el escritorio de Raúl, acciona los broches y abre el estuche. Tras contemplarlo unos segundos afirma: - ¡Vaya! Realmente es horripilante y tenebroso.

- Horripilante y tenebrosa es la escena que tuve que ver ayer.
- Sí, vi las fotos y casi que no puedo cenar. Todo ese caso es muy extraño. Ojalá puedas dar con el culpable, como siempre; pero eso será después de capturar a Calatrava o darle de baja. – Santiago cierra el estuche con firmeza.
- Vamos a capturarlo.
- O darle de baja – repite Santiago con una sonrisa cínica en su rostro. – Recuerda que estamos hablando del narcotraficante más buscado del país y del mundo, y que ha matado a más personas que las mismas drogas que él vende. Si tienes que darle de baja, lo aniquilas ¿Me entiendes? – Su fría mirada penetra hasta golpear el alma de Raúl.
- Santiago, te lo digo como al amigo que eres para mí: Me estás llevando por un camino al cual yo quería renunciar.

- Y vas a salir de él, te lo aseguro; pero primero mata a Calatrava y trae mi encomienda. ¿Entendido?
- Señor, sí señor. – responde pausadamente al estilo militar, con tono burlón.
- Te espero en la sala de operaciones en diez minutos – Hace una pausa contemplando aquel sombrío estuche sobre el escritorio de Raúl - ¡Ah! Y llévate ese horrible instrumento al laboratorio, por ahora te necesito cien por ciento concentrado en Calatrava. Si lo atrapas, es posible que tengas otro ascenso y una bonificación, una adicional a la que ya conoces.

Raúl está preocupado, sabe que hoy va a hacer muchas cosas malas, cosas que le hacen daño. Pero las necesita ¡de verdad que las necesita! Por su esposa y su hija... Aquellas cosas malas, las necesita.

V

Miércoles. 5:56 p.m.

El nuevo compañero de Raúl se llama Diego Ángel, pero después de cruzar un par de palabras, Raúl ya sospecha que lo único que tiene de "Ángel" es el apellido. A pesar de tener un año menos de experiencia, Diego también es teniente como Raúl. No es tan acuerpado como Raúl y aunque no luzca tan varonil como su compañero, en apariencia pareciera venir de un nivel económico más alto. - ¿Cómo sacará tiempo de arreglarse la barba cada mañana? – se pregunta Raúl teniendo en cuenta que él sólo puede afeitarse a las carreras los días lunes de cada semana.

Han repasado la operación y su papel en ella, una y otra vez al interior de la patrulla de policía. Diego se rasca su negra barba como si buscara las respuestas que le faltan dentro de ella. Cada uno lee cuidadosamente la carpeta de archivos que les fueron asignadas.

- ¡Estos mafiosos! ¿Todos estarán en el negocio de las drogas por la fealdad de sus caras? – Dice Diego mostrándole a Raúl la foto de Nairo Calatrava pegada a su expediente. Raúl apenas y mira la foto, pues ya conoce muy bien a Calatrava, lo ha tenido frente a frente más de una vez. – No obstante, por el dinero que tienen podrían estar, si quisieran, con la más hermosa de las modelos de Victoria´s Secret. – Hace una pausa - ¿Sabes quienes deberían obtener a esas mujeres?
- ¿Quiénes? – Pregunta Raúl con indiferencia.
- Tipos como nosotros, como tú y yo – hace un rápido señalamiento con su dedo índice a Raúl y a sí mismo – Apuestos como tú y yo. Nosotros somos los que arriesgamos nuestras vidas todos los días para mantener libres de crimen a las calles ¿y qué ganamos? Un miserable y triste sueldo para invertir en mujeres gordas y sumisas. A las demás, las hermosas, sólo les interesa el dinero; creen que intercambiar dinero por belleza es un trato justo ¿Pero para qué una mujer quiere dinero si su vida no está asegurada para disfrutarlo? Nosotros los policías, podemos ofrecerles seguridad a las mujeres, aunque no dinero.
- Yo estoy casado – A Raúl no le vienen en gracia los comentarios de Diego y le molesta que desde que los presentaron, éste no pare de hablar.
- Perdón, no lo sabía.
- Mi esposa es una mujer hermosa, o al menos lo es para mí y eso es lo que importa.
- Bien por ti, en serio, nuevamente perdón… - Sonríe burlón con los mismos labios con los que se disculpa.

- ¿Qué hay de ti? ¿Casado con una gorda sumisa? – Parecería que estuviese bromeando, pero no emite sonrisa alguna.
- No, yo no creo en el matrimonio y mucho menos después de enlistarme a la policía. Una placa en el pecho puede soportar muchas mujeres y yo, cada fin de semana me caso con la mujer de mi gusto ¿Entiendes? Tengo lo mejor del matrimonio, pero sin aguantar lo peor de él, sin reclamos, reproches, ni celos – hace una pausa – y lo mejor de todo, con una diferente cada día.
- Pero gastando tu "triste y miserable" sueldo, me imagino.
- Esas mujeres... – Bebe un poco de su café caliente y suspira –...valen cada centavo.
- Prefiero mantener intacta mi salud y mi bolsillo. Amo a mi esposa.
- ¿Salud? – Diego se ríe desafiantemente - Esas mujeres son más confiables que una mujer normal, todas las semanas se realizan exámenes. Las novias y las esposas nunca se cuidan; si te son infieles, pasarán años antes de darte cuenta que te contagiaron alguna enfermedad sexual. – Raúl mira a Diego con desprecio en su mirada. - Perdón nuevamente. No digo que tu esposa te sea infiel, sólo hablo de hechos y estadísticas ciertas. – Al ver que Raúl no le presta la atención que esperaba, cambia su discurso – Deberías intentarlo algún día – suspira con satisfacción - Navegar entre los pechos perfectos de aquellas "malas" mujeres... es conocer el paraíso en tierra.
- Sólo quiero estar entre los pechos de mi mujer y nada más – Raúl responde con firmeza y honestidad, pues en verdad ama y admira a Marcela. Sin embargo, tras intentar recordar los pechos de su esposa, se da cuenta que han pasado meses sin

intimar con ella. Marcela ya no lo atrae sexualmente, pero aún la ama; no podría pensar en estar con otra mujer que no sea ella y menos una desconocida que ofrece placer a cambio de dinero.

- Todo cansa, hasta la belleza, mi amigo. – Dice Diego con desfachatez. – La fidelidad también es desgastante, es efímera... Cuando un policía muere, su esposa a las dos semanas está disfrutando de la pensión militar con otra persona, una que tiene más tiempo para ella... ¿y qué pasó con la fidelidad? La fidelidad no es tan trascendente como un jugoso seguro de vida. – Raúl piensa por un segundo que quizás este desgraciado tenga razón, pero sólo por un segundo.

- Ya casi es hora, debemos estar alerta. – Raúl mira su reloj que marca las 5:59 p.m. A las 6:00 p.m., iniciará la operación y para que sea exitosa, todos los policías tienen que funcionar con perfecta sincronía. Raúl mismo diseñó este plan, por eso no puede darse el lujo de fallar.

Esta noche hay más de cien agentes involucrados, algunos de civil y otros uniformados. El ejército y la fuerza aérea también tendrán participación y si estuviese el mar cerca, sin duda los navales estarían envueltos; Calatrava ha sabido hacerse enemigo de todo el mundo. Según informaciones de inteligencia, la guarida principal de Calatrava está operando en la mitad de la ciudad, en un edificio de 15 pisos con más de trescientos trabajadores, la mitad de ellos como "milicia", cuya única función es proteger la mercancía producida, el dinero recolectado en dichas instalaciones y la vida de Calatrava. Nairo Calatrava estuvo desaparecido por años, atendiendo sus empresas ilícitas desde lo más recóndito de la selva; sin embargo, volvió a la ciudad hace tres días y no ha salido de la guarida que ahora está rodeada por una incontable fuerza armada.

Un centenar de milicianos de Calatrava frente a un centenar de ejército comprendido por policías, pilotos, soldados y agentes especiales, significan una guerra civil de grandes magnitudes en pleno centro de la ciudad. Raúl tomó precauciones en su operativo, ordenó una evacuación de civiles hace 45 minutos, la cual abarca dos cuadras a la redonda. En aquella evacuación fueron capturados varios miembros de la milicia narcotraficante, quienes desde edificios aledaños resguardaban todas las operaciones ilícitas y la guarida secreta. A las seis en punto, milicianos desde la guarida se comunicarán con los milicianos ubicados en los edificios cercanos para verificar que todo esté en orden y no recibirán respuesta; por esta razón a las seis en punto iniciará el operativo. No puede haber fallas.

Miércoles. 6:00 p.m.

Raúl y Diego salen de la patrulla escoltados por un escuadrón de 8 policías más, y avanzan a pie hasta su punto de encuentro asignado. Están armados hasta los tobillos, por lo que en la primera cuadra ya están empapados en sudor cargando tan pesado equipo. Están cerca de la guarida. A lo lejos ven a otro escuadrón que se acerca, por una calle desolada y oscura, al edificio principal. Un tercer escuadrón aliado entra en escena, éste va a ser el encargado de abrir el camino pues a su cabeza se encuentra un militar con un lanza proyectiles de alta potencia. El militar se coloca en posición, una rodilla en tierra, y dispara de frente contra lo que parecía la puerta principal de la edificación; restos metálicos salen despedidos por doquier. En los niveles superiores, se asoman varios milicianos de Calatrava e intentan refrenar el ataque con sus ametralladoras, pero incluso antes de poder accionarlas caen uno por uno con un agujero certero en sus cabezas. Raúl ya había contemplado que un importante número de milicianos intentarían obstruir el ataque desde las ventanas, así que después de realizar la labor de evacuación de las manzanas circundantes, ubicó a los mejores francotiradores en edificios más altos. Aún no han ingresado a la edificación y las autoridades ya han dado de baja más de diez milicianos. En total son treinta militares los que ingresan por el costado Sur del edificio, entre ellos, Diego y Raúl.

Raúl, aunque la ideó, no es quien lidera la operación; sin embargo, posee un papel muy específico y ahora es su turno de actuar. Debe organizar y comandar el ingreso de los tres escuadrones que entrarán por el lado derribado de la edificación y desde adentro, asegurar el ingreso de más escuadrones por las tres caras restantes del edificio. La única forma de poder acceder a la guarida por los otros costados, es abrir paso eliminando a quienes los custodian en el interior. Al extremo opuesto se encuentra esperando el líder de la operación quien obligará a Calatrava, con una fuerza altamente ofensiva, a refugiarse en el último piso del edificio. Raúl ingresa a través de la grieta creada por el proyectil y tras tener que inclinarse un poco para ingresar, ordena a dos de los hombres que lo escoltan a aumentar el tamaño del acceso. Entre el fuego y el polvo levantado, Raúl distingue dos figuras que se acercan armadas hacia él; están intentando salvar a los heridos de la explosión. Raúl no duda e inmediatamente abre fuego contra todo lo que se mueve, pues al interior sólo hay trabajadores de Calatrava.

Raúl está delante del equipo, si abren fuego enemigo él recibirá todas las balas, pero no se asusta, estuvo muchos años desarrollando este tipo de misiones; vivir en medio de la muerte se había convertido en su pan de cada día y también sabe que los sicarios no desperdician balas. Avanza sigilosamente cubriéndose con cada columna y arrume de objetos que encuentra a su paso. Los milicianos de Calatrava no tienen muy buena puntería, son matones a sueldo y rara vez tienen la opción de practicar, lo que saben se los ha enseñado la experiencia, pero es la práctica la que hace al maestro; Raúl lo sabe y por eso se da el lujo de arriesgarse, además, su puntería sí es bastante buena.

Sigue avanzando, según los planos estructurales que memorizó antes de ingresar, ya está a unos veinte metros del costado opuesto del edificio, el costado Norte, su primer objetivo. Un cuarto más lo separa de la otra cara de la edificación, sabe que el área está llena de milicianos y que no puede tomar riesgos. Raúl saca una granada, hala del seguro y la lanza al interior del cuarto, una decena de gritos se ahogan con la fuerte explosión, seguida de otras explosiones más pequeñas. Todo el cuarto se ilumina debido a las gigantes llamaradas.

Raúl no quiere perder tiempo, está impaciente, quiere que la operación termine pronto. Ahora sólo resta volar la pared del costado Norte. Ni siquiera se toma la molestia en revisar si aún hay sobrevivientes, le arrebata el proyectil al militar que esperaba sus órdenes para dispararlo él mismo, a ciegas como lo hizo con la granada dentro de aquel cuarto. Otros gritos de terror son extinguidos con el poder de las explosiones, esta vez son menos. Ahora sí, Raúl se asoma al interior del cuarto para asegurarse que no haya milicianos sobrevivientes. Se sorprende al ver que primero: hay mucho fuego y le será difícil a los otros escuadrones ingresar sin quemarse, y segundo: que el proyectil no surtió efecto sobre la pared. Raúl no lo puede creer, está seguro que dio en el blanco, en el punto más frágil del muro según los planos.

- ¡Recarga! – le dice al soldado responsable del proyectil y le entrega el arma para que éste la cargue.
- Sí señor.

Mientras el soldado carga el proyectil nuevamente, el escuadrón abate rápidamente a un grupo de milicianos que bajaban por las escaleras. Raúl recibe de vuelta el "lanza proyectiles" en sus manos y apoyando una rodilla en tierra, apunta a través de la mirilla. Debe ser muy certero para que la falsa pared de ladrillo caiga.

- ¡Preparados! – Los soldados a sus espaldas se cubren - ¡Fuego!

El proyectil atraviesa el cuarto velozmente, pero explota antes de llegar a la pared en la que antes había una puerta. Son las llamas, el fuego que invade la cámara está activando el proyectil antes de tiempo y no está impactando a la pared. Raúl se da cuenta que lo mismo pasará con el escuadrón que ingrese al edificio, no alcanzarán a cruzar el cuarto antes de quedar reducidos a cenizas.

- Este cuarto estaba lleno de combustibles, aquí almacenaban acetona, kerosene, tolueno, éter y seguramente gasolina. – Los agentes y soldados que acompañan a Raúl le miran desesperanzados. - Aunque rompamos el muro como estaba previsto, el escuadrón del costado Norte no podrá pasar si no apagamos el incendio primero.
- Si no le damos acceso a los otros escuadrones, nos van a masacrar aquí. – Dice un agente especial que acompaña la misión, Raúl sabe que tiene razón.
- Diego, tú vienes conmigo. Tú también – le dice al soldado encargado del lanza-proyectiles – los demás usen todo lo que puedan para controlar el incendio, excepto agua. Tendrán que abrirle paso al "líder de la Operación", a Suarez, usando granadas contra el muro. – agrega - Tengan cuidado de no lastimar las columnas o el edificio se desplomará.
- ¿Qué vamos a hacer nosotros, Raúl? – pregunta Diego.
- Vamos a abrirle paso a los escuadrones del occidente.

- ¿Sólo nosotros tres?
- Sí. – La mirada insensible de Raúl no le inspira confianza a Diego.
- ¿Y qué pasará con el acceso del oriente? – Pregunta el soldado "lanza-cohetes".
- Ustedes diez, vengan aquí – Un escuadrón completo de hombres que luce intacto, sin heridas y mucho menos bajas, se organiza frente a Raúl. – Vamos a seguir con el plan pactado, pero tendremos que dividirnos, ustedes también tendrán que romper los muros de oriente con granadas. Actuarán rápido, así todos los milicianos centrarán su atención en los costados Norte y Oriente para que podamos llegar al costado occidente sin problema. Una vez ingresen los escuadrones, nos disgregaremos y sorprenderemos a esos malnacidos por la retaguardia.
- Entendido mi teniente.
- ¡Vamos! No hay tiempo que perder. – Raúl, Diego y el lanza proyectiles, toman su rumbo en dirección occidental.

VI

Miércoles. 6:12 p.m.

Todo sale acorde a lo planeado. El escuadrón al norte logró controlar el incendio y resistir los ataques de los milicianos, hasta que dieron ingreso al líder de la operación y sus escuadrones, quienes rápidamente empezaron a avanzar y a subir a los siguientes niveles del edificio.

El escuadrón encargado de abrir el acceso oriental, llamó la atención de la mayoría de los milicianos de Calatrava.

Aunque murieron ocho de los diez militares asignados, la pared cayó y los escuadrones que esperaban afuera ingresaron arremetiendo con todos los milicianos a su paso.

Por último, Raúl y Diego lograron avanzar hasta el extremo occidental de la guarida, pero fueron sorprendidos por un grupo de milicianos que los atacó por la espalda quitándole la vida, de un disparo directo en la nuca, al "lanza-proyectiles". Diego y Raúl resistieron valientemente sin posibilidades de alcanzar el arma con el que podrían romper las paredes, pues ésta quedó bajo el pesado cuerpo de su compañero caído. Cuando ya daban sus vidas por terminadas, al igual que sus municiones, varios de los escuadrones que ingresaron por las entradas norte y oriental, llegaron a su rescate. Están salvados y suspiran de alivio.

Raúl analiza la situación y ve una oportunidad. Mientras intercambian disparos sus colegas y los milicianos, Raúl se precipita sobre el cadáver del soldado y recupera el lanza-proyectiles. Sólo tiene un disparo, sólo un disparo para para romper la pared y permitir que los escuadrones ingresen al edificio. Raúl no para de moverse, sigue corriendo a toda velocidad hacia la pared occidental, no tiene tiempo de cuadrar el viento, el ángulo, la dirección; no tiene tiempo de poner rodilla al piso, tiene que hacerlo mientras corre y sin poder apuntar con precisión; de lo contrario, será un blanco fácil para los milicianos. Raúl dispara, el proyectil pareciera errático, pareciera fallar; pero es el miedo en el interior de Raúl lo que le hace verle de esa forma. En realidad, el proyectil da justo en el blanco y la pared se abre completa dejando ingresar a otros treinta hombres a la guarida. Con el último grupo de escuadrones en el interior del edificio, con seguridad la milicia de Calatrava está acabada.

Todos los escuadrones están finalmente adentro. Las pérdidas para los milicianos de Calatrava han sido mucho mayores en comparación a las pérdidas militares. De acuerdo con lo planeado y esperado por Raúl, Calatrava estará atrapado en los pisos superiores con apenas su escolta personal, esperando recibir un rescate aéreo de su helicóptero privado.

Minuto a minuto, los hombres de Calatrava van cayendo como cucarachas durante fumigación, retorciéndose en el suelo e intentando conservar su último aliento de vida. Aunque los hombres de Calatrava les superaban en número, los policías, militares y agentes especiales, están mucho mejor entrenados y armados; valen por tres.

Los combates aún siguen generando bajas de parte y parte, pero con obvia ventaja militar sobre los "milicianos". Los guerreros de Calatrava están reducidos a un nivel tal, que parte del personal dedicado única y exclusivamente a la producción de las drogas y que carecen de experiencia armamentista, se han visto forzados a recoger las armas del piso para enfrentarse a la ley. Los pobres trabajadores que osan enfrentarse a los militares no duran ni un segundo en el campo de batalla; mientras que aquellos que se rinden, son evacuados y montados en patrullas para su posterior judicialización.

Miércoles. 6:28 p.m.

Calatrava se encuentra refugiado en el último piso, el nivel quince del edificio. Tiene miedo, miedo como nunca antes había sentido; se da cuenta que fue un error haberse expuesto en la ciudad, pero ya es muy tarde para arrepentimientos. Los disparos y explosiones continúan sacudiendo la edificación y cada vez se oyen más arriba, más cerca de Calatrava.

Calatrava, junto a tres de sus mejores guardaespaldas y varios matones o "milicianos", como los apodó una vez ante los medios, está vaciando la gigantesca caja fuerte y poniendo los paquetes de dólares, euros y moneda local en más de diez maletas de viaje. Esa cuantiosa cantidad de dinero es sólo el producido de la semana; pero es una cantidad importante como para abandonarla.

-    ¿Por qué no llega el maldito helicóptero? – le grita a uno de sus subordinados que cuenta con radio teléfonos.
-    Señor, usted sabe que el hangar está a más de 20 minutos, el piloto está haciendo lo que puede. – Responde con preocupación y ante la mirada irritada de Calatrava, le evita y continúa acomodando billetes en las maletas.

Calatrava no es tonto. A pesar de haberse arriesgado viniendo solo a la ciudad y escondiéndose en un edificio con cientos de trabajadores informales, tenía un plan de escape. Si algo salía mal, de inmediato un helicóptero vendría a su rescate. También conoce muy bien el armamento de las fuerzas militares de su país, el cual no es suficiente para derribar a un helicóptero *Sikorsky X3* que sobrevuela una edificación de quince pisos y si tuvieran tal poder ofensivo, no se arriesgarían a que un helicóptero deteriorado cayera sobre la ciudad generando cientos de muertes. "Aprende lo que puedas de tus enemigos y más cuando te toman cautivo, a veces el destino permite que seas prisionero, simplemente para conocer a tus adversarios desde el interior" repetía siempre a sus hombres, haciendo referencia a las veces que estuvo en la cárcel. Era un sabio consejo, a pesar de su dudosa procedencia.

Los disparos están cada vez más cerca. Las fuerzas armadas han alcanzado el piso catorce y se abren paso entre los milicianos rápidamente. En la habitación donde se encuentra Calatrava hay quince milicianos, contando a los tres que empacan el dinero; haciendo cálculos rápidos, no serán suficientes para proteger a su jefe. Todos aceleran el ritmo del empacado de los billetes cuando escuchan, encima de ellos, los rotores de un helicóptero descendiendo. Todos sonríen victoriosos pues saben que su medio de huida por fin ha llegado; sin embargo, la sonrisa les duraría muy poco, después de ver la mirada de su jefe.

Calatrava también hace cuentas rápidas: teniendo diez maletas, requerirá de cinco personas para cargarlas hasta el helicóptero. A pesar de ser el jefe, él está dispuesto a llevar, uno en cada mano, dos de los pesados embalajes. Lo importante ahora es detener la llegada de los "buenos" al último piso, mientras él escapa con el dinero. El dinero, no habrá nada más importante para Calatrava en el mundo que este falso dios.

- Efrén, "Goloso", Arquichire y "Violaperros", quédense conmigo terminando de guardar estos billetes. – Dice con total autoridad, sin dar cabida a una objeción. – Los demás salgan y maten a esos desgraciados.

Los once elegidos para la misión suicida se hacen una fugaz mirada entre ellos, casi imperceptible para Calatrava, pues saben que no regresarán, o por lo menos no ilesos, a aquella oficina en la que tras una deteriorada puerta de metal se encuentra un helicóptero esperando para llevarlos a la libertad, a la vida. En menos de un segundo, los once suicidas se despiden entre sí y abandonan, con absoluta lealtad, lo que solía ser la oficina y vivienda temporal de Calatrava.

Por fin la bóveda privada de Calatrava está vacía. En la Caja Fuerte en la que antes había millones de dólares, ya sólo queda el óxido y el eco metálico del vacío. El jefe más poderoso de la mafia levanta con dificultad sus dos maletas correspondientes y se dirige con prontitud a la puerta metálica que conduce al helipuerto del edificio. Un helipuerto improvisado, obviamente, pero adaptado con suficiente antelación para soportar el peso de la aeronave en caso de emergencia.

Calatrava abre la puerta con prisa, al mismo tiempo que por sus ojos se sublima una emoción incontenible. Se siente cerca de la libertad, aquella que ha experimentado ya varias veces tras escapar de la justicia - que delicioso es su sabor – piensa.

De repente la puerta regresa con toda la fuerza contra Calatrava, rompiendo su puntiaguda nariz, internamente, en varios trozos.

-   ¡Maten a ese hijo de perra! – Grita desde el piso, apuntando con su dedo índice al otro lado de la puerta metálica, refiriéndose a quien de una patada la lanzó de vuelta hacia su rostro.

Los cuatro milicianos restantes, al parecer los últimos en pie dentro de la guarida, descargan sus armas en la inerte puerta de metal, esperando haberla atravesado hasta alcanzar al misterioso atacante. Pero no tuvieron éxito. Para cuando la escolta personal se queda sin balas, a sus espaldas, al otro lado de la oficina, la puerta principal se abre; un policía acuerpado, de estatura promedio, rostro cuadrado y con alopecia en progreso, los amenaza.

-   ¡Están todos arrestados! ¡Al piso!– Grita el policía llamado Raúl Hurtado, empuñando su ametralladora.

VII

Miércoles. 6:28 p.m.

Raúl se reagrupa con Diego y juntos empiezan a ascender a través de los niveles del edificio, liderando a sus respectivos escuadrones. Ambos están inspirados esta noche y se sienten como la pareja policiaca de la más real y emocionante película de acción. Parecería que las balas de la milicia estuvieran conjuradas a no dañarlos y hasta el momento, han sufrido nada más que rasguños y leves golpes.

Una vez en el piso número catorce y habiendo erradicado a todos los milicianos a su paso, Diego decide ejecutar un aventurado plan.
- Tengo una idea – Dice Diego alejándose de Raúl y caminando hacia la ventana del costado occidental.
- ¿Qué haces? No tenemos tiempo, Calatrava está en el piso de arriba, debemos seguir avanzando. – dice Raúl exasperado.
- Sí, yo avanzaré a mi manera. Tú sigue por las escaleras. – responde con insolencia.

Diego sale por la ventana y empieza a trepar con gran agilidad, como si fuese una araña, hasta el último piso. Diego acaba de idear una redada por dos flancos que su compañero, y cerebro de la operación, nunca consideró en su plan inicial. Raúl le tiene miedo a las alturas y por eso no contempló incursión al edificio alguna que implicara escalar, trepar, saltar, aterrizar, etcétera.

Raúl reconoce para sí que fue un mal líder. Un buen líder, no habría limitado sus planes y estrategias a sus capacidades, debilidades y miedos; sino que habría reconocido las fortalezas de su equipo para expandir así sus posibilidades y opciones de éxito. Su plan sólo se centraba en lo que él era y en lo que podía hacer, sin reparar en las posibilidades infinitas que tenía, en los talentos múltiples de los soldados, pilotos, agentes y demás policías que le apoyarían. Sin embargo, ya es muy tarde para darse cuenta de ello, su plan está en la etapa final y ahora, escucha los pasos disimulados de varios enemigos descendiendo por la escalera.

No hay apoyos en el piso catorce para Raúl. Al parecer toda la fuerza militar se ha enfrascado en combates en las plantas inferiores y sólo los tenientes Hurtado y Ángel han podido llegar tan alto; no obstante, Diego se encuentra jugando a ser el Hombre Araña, por lo que Raúl tendrá que encargarse de los milicianos, solo. No se preocupa, últimamente prefiere trabajar solo.

- ¿Cuántos serán? ¿10, 20? – Se pregunta Raúl mientras se oculta tras la pared más cercana. Cuenta sus municiones y calcula rápidamente la cantidad de milicianos que vienen bajando, según la cantidad de pisadas que oye – Son diez – responde su propia pregunta. Tan sólo le queda un cargador de 15 balas para su "Walther P99", más la bala que está en la cámara y un cargador para su "Uzi", al cual sólo le deben quedar 15 o 20 balas. Revisa los bolsillos a los costados de sus piernas y se da cuenta que también le queda una granada de humo.

Si ataca con la Uzi, sabe que por lo rápida e imprecisa que es, va a desperdiciar muchas balas y seguramente quedará expuesto, sin munición; por otro lado, la pistola es muy lenta y no tendrá suficiente tiempo para dispararles a 10 hombres, antes que ellos puedan defenderse. Debe decidir rápidamente pues los enemigos ya están en el piso 14.

Raúl espera tras el muro, necesita que bajen más milicianos, quiere a la mitad de ellos en el pasillo y a la otra mitad en la escalera. Cuenta nuevamente los pasos de sus enemigos. ¡Ya está! Tras colocarse sus gafas de visión nocturna y detección térmica, con sumo silencio, da un rápido vistazo hacia la escalera, en donde observa a cuatro hombres repartiéndose por el pasillo y escucha a otros más que vienen bajando detrás. Quita el seguro a la granada de humo y la arroja con fuerza justo a los pies de los milicianos, quienes no se percatan de dónde provino y abren fuego hacia todos lados. En la confusión y entre la oscuridad, los milicianos se disparan entre ellos, matando de inmediato a dos de sus compañeros.

Los disparos en el piso catorce concluyen momentáneamente, los milicianos esperan en las escaleras, con ingenuidad, a que el humo se disipe para poder localizar a su agresor y darle de baja; no se han dado cuenta que Raúl ya se encuentra ubicado frente a ellos, justo sobre sus dos compañeros caídos.

La primera fila del grupo de milicianos, recibe un baño de balas cortesía de la Uzi automática y así, caen cuatro más. Raúl sale rápidamente del alcance de los milicianos que aún se encuentran en el estrecho pasillo de las escaleras y quienes disparan al vacío, sin poder reconocer silueta alguna entre la espesa capa de humo. Uno de los milicianos toma la iniciativa con atrevimiento y decide descender las escaleras lentamente, agachado; en su ingenuidad cree que quién los atacó, también se encuentra en desventaja visual. Tan pronto el miliciano asoma su cabeza al pasillo, una bala 9 mm le atraviesa el cráneo, a lo que sus compañeros vuelven a disparar, con desespero, hacia el humo. Ninguna bala alcanza su objetivo.

Raúl sabe que no puede asomarse nuevamente al pasillo de las escaleras, pues los milicianos ocasionalmente están soltando una ráfaga de tiros con el fin de mantenerse seguros hasta que el humo se disipe. Efectivamente, queda poco

tiempo para que los criminales recuperen la visión completa
del pasillo catorce.

- ¡Suelten sus armas y salgan con las manos arriba! –
  Grita Raúl intentando cambiar su estrategia. Sabe
  que cuando el humo se disipe, estará en desventaja –
  Les prometo que no les haré daño.

Cada palabra emitida por Raúl, significan cientos de balas
que los milicianos desperdician. No se van a dar por
vencidos. Para sorpresa de Raúl, ellos también estaban
fraguando su propio plan; tres milicianos descienden al piso
catorce, uno corriendo hacia el centro y los otros dos hacia
izquierda y derecha, y disparan sin cesar en sus respectivas
direcciones. Raúl no lo esperaba, pero reacciona con
agilidad y dispara primero al miliciano que corría, a ciegas,
directamente hacia su escondite. La posición de Raúl ya fue
revelada, los otros dos milicianos se voltean en dirección al
disparo que mató a su compañero, pero de todas formas
siguen con la visión nublada, así que el miliciano del
extremo se abstiene de disparar para no lastimar a su
camarada que eligió ir por el centro. En todo caso, ya es
muy tarde, Raúl con la ventaja de la visión térmica atina con
un disparo certero al cuello del miliciano del centro y éste
cae al piso de inmediato. El miliciano restante no sabe con
certeza si su compañero ya cayó, no sabe si es propicio
disparar a la suerte, no sabe si debe avanzar o si debe
regresar a las escaleras; pero mientras duda, la sombra de
Raúl se dibuja fugazmente frente a él y antes de poder si
quiera reaccionar, su cerebro registra el alojamiento de una
bala en el hipotálamo. El miliciano cae estrepitosamente
sobre su espalda y Raúl se siente aliviado de haber eliminado
a sus diez contendientes él solo; la sonrisa en su rostro no es
por el orgullo de haber superado a diez hombres, es porque
se siente agradecido de seguir con vida. Al mirar con
detenimiento los cadáveres, Raúl se da cuenta que no
corresponden a simples milicianos; las personas caídas son

reconocidas "cabecillas" del narcotráfico y miembros de la escolta privada de Calatrava. Eso quiere decir que ya está muy cerca del hombre más buscado en el mundo y que éste, ahora se encuentra muy poco protegido.

- El piso catorce está despejado – avisa Raúl por su radio a los demás militares. En ese mismo instante oye, afuera del edificio, el sonido ensordecedor de un helicóptero acercándose.

Raúl se dirige hacia las escaleras a toda velocidad, pues Calatrava planea escapar en helicóptero por el techo del edificio; mas cuando va en la mitad de su trayecto, un hombre se interpone a su paso y le apunta directamente con una ametralladora a la cabeza.

¡Qué torpe y descuidado fui! – Se reprocha Raúl, al darse cuenta que no eran 10 sino 11 hombres los que bajaban por la escalera. – No se puede confiar ciegamente en el oído – filosofa en su mente mientras espera el sonido de la muerte.

- Nos vemos en el infierno "tombo [1]" hijo de puta – Dice el miliciano mientras hala del gatillo. Raúl alcanza a cerrar los ojos con resignación.

---

[1] "Tombo" es la palabra despectiva con que se llama a los policías en Colombia. Corresponde a la inversión silábica de la palabra "botón", haciendo burla de los distintivos que usan los militares.

VIII

Miércoles. 6:33 p.m.

Raúl acepta su fin. Todo lo que vivimos y sufrimos en la vida, es la consecuencia de nuestras decisiones, incluso la muerte. Raúl decidió aceptar esta peligrosa misión, Raúl aceptó que su compañero lo dejara solo, Raúl dio por hecho que eran 10 sus enemigos y no 11, Raúl fue descuidado al salir corriendo tras la llegada del helicóptero; todo lo anterior, lo condujo a su inevitable muerte.

A veces, a pesar de nuestras malas decisiones y vergonzosos actos, la vida decide darnos una segunda oportunidad, por la sencilla razón que las decisiones y actos de los otros son aún peores y más vergonzosos que los nuestros.

El miliciano presiona el gatillo una y otra vez, pero no sucede nada; la ametralladora quedó atorada después de los disparos que se desperdiciaron en el humo y el cabecilla de la mafia, René Sarmiento, acostumbrado a que los milicianos de más bajo nivel le hicieran el mantenimiento a sus armas, no tenía la menor idea respecto del cuidado de la suya. Sí, todo lo que sucede es la consecuencia de nuestras decisiones, incluso la muerte.

Raúl no da tregua ante la confusión de Sarmiento y sin pensarlo, coloca su Walter en la cien del peligroso narcotraficante, que de no ser por los azares del destino, le hubiese quitado la vida.

- Usted dijo que no nos lastimaría, lo prometió – Dice Sarmiento con voz temblorosa y las manos en alto, buscando algo de compasión en Raúl.

Raúl piensa con detenimiento, pues ahora tiene la vida de Sarmiento en sus manos. Piensa que la vida fue generosa con él, quizás él también debería ser generoso con el pobre infeliz que ahora pasará el resto de la suya en una cárcel. Raúl lanza un gancho derecho a la mandíbula de Sarmiento y éste se queja en el suelo tratando de contener la sangre que se escapa de sus labios.

- Dijo que no me lastimaría. – Le reclama Sarmiento a Raúl
- Si soltaba su arma, pero no la soltó... además, nadie se mete con mi mamá.

Raúl esposa a sarmiento en manos y pies y lo deja tendido en el piso boca abajo, posición que no le conviene al criminal, pues la sangre de su mandíbula destrozada empieza a gotear con mayor rapidez. También le despoja de todo su armamento para convertirlo en el suyo.

Raúl prosigue al último piso en busca de Calatrava. Falta poco. Al llegar al último piso, se encuentra con una enorme puerta de madera. Sólo hay una oficina en el piso quince y seguramente corresponde a la oficina de Calatrava. Raúl no está seguro de lo que encontrará tras la puerta ¿Cuántos hombres armados quedan? ¿Le estarán esperando? Miles de preguntas cruzan por su mente, pero como siempre, en la vida de un policía, no hay tiempo para cuestionamientos. Al otro lado de la puerta se escucha un enfrentamiento con cientos de disparos. Quienes sea que aguardaban detrás de la puerta, ahora se encuentran distraídos en otro objetivo. Raúl decide actuar, no puede permitir que Calatrava escape.

Utilizando todo su cuerpo, Raúl derriba la puerta y queda frente a frente con Calatrava y sus cuatro escoltas personales.

- ¡Están todos arrestados! ¡Al piso!– Grita Raúl apuntándoles con su Uzi. Diego entra por la otra puerta también amenazándolos, aunque numéricamente los policías son la mitad, tienen acorralados a los criminales.

Los cuatro guardias de Calatrava intercambian miradas, saben que al menor movimiento, están muertos. Por otro lado, Raúl y Diego también intentan entablar una comunicación telepáticamente, ambos tenientes saben que los milicianos nunca se entregan y que prefieren morir antes que ser capturados por un policía; aunque Raúl guarda la esperanza, en lo más oculto de su corazón, que no habrá más muertes el día de hoy.

Existe una tensa calma, ninguno de los cabecillas de Calatrava se atreve a moverse, pues nunca habían sentido al peligro respirar tan cerca. Calatrava en cambio, siente que la suerte está de su lado, ya ha escapado de la policía cientos de veces y su ego de mafioso le promete que también saldrá victorioso de esta situación. Una pequeña pisca de ego de más en la personalidad, puede llevar a cualquier individuo a creerse incluso, inmortal.

Nadie se mueve, durante varios segundos todos parecen estatuas. El menor movimiento puede costar vidas y ninguno de los siete personajes ha tomado una decisión final. El silencio es absoluto, pero no se podría percibir la respiración de alguien, ya que todos la han contenido.

Más de 10 disparos en un segundo, son los que salen de la ametralladora de Diego, quien como un ángel de la muerte, les quita la vida a los cuatro últimos milicianos de Calatrava, sin previo aviso.

- ¿Por qué hiciste eso? – reprocha Raúl a Diego.
- Se movieron – responde con cinismo.
- ¡No es cierto! ¡Ya los teníamos! Podíamos capturarlos con vida – Raúl está muy alterado pero

no tanto como Calatrava, a quien no le deja de apuntar.

- ¡Son unos malnacidos! – Dice Calatrava quien no tuvo suficiente tiempo sino para colocarse las manos en los oídos y tirarse al suelo.
- Eran basura Raúl, eran Arquichire, Efrén, el "Goloso" y "Violaperros" – hace una pausa y repite – ¡Violaperros! ¿Ese alias te dice algo?
- ¡Este es mi plan! Yo soy quien da las órdenes. ¡No debías matarlos!
- Yo los vi moverse… te salvé la vida. Además, el líder y jefe de la operación es Suarez, no tú. – Raúl se desprende de todo su rencor a través de la mirada tras oír las insolencias de Diego Ángel.

Raúl sabe que ya nada puede hacer por los muertos, debe enfocarse en los vivos y el único sobreviviente de su interés ahora es Calatrava.

- Ponle las esposas, Diego – dice Raúl mirando a Calatrava quien ya no está temblando como hace unos segundos. Diego lo pone en pie y comienza a apretar las esposas por la espalda, dejando a Calatrava frente a frente con Raúl.
- ¿Cómo está tu jefe, Raúl? – Raúl le mira sin pronunciar palabra. – Envíale saludos al coronel Gamboa de mi parte. A propósito… - Una curvatura con delirios de sonrisa se produce en los labios de Calatrava - …tu nuevo compañero me cae mejor que el anterior. – Raúl le borra el "proyecto" de sonrisa con un fuerte puño en el abdomen, privando también a Calatrava, del aire a su alrededor.
- ¿De qué habla este infeliz? – le pregunta Diego a Raúl. Raúl no dice nada, pero en su expresión se asoma un leve rastro de incomodidad.

- ¿Que de qué hablo? Cuéntale teniente Raúl, cuéntale. Yo pensé que ya le habías contado esa historia a tu nuevo compañero. – Afirma Calatrava con sarcasmo.
- Tendrás mucho tiempo de contar historias falsas en prisión Calatr…
- Hablo de que todos tenemos precio ¡todos! Todos sin excepción alguna, tenemos algo por lo que vivir y por lo que luchar y ese algo, nos puede manipular de diversas maneras ¿Digo mentiras teniente Raúl? – Interrumpe Calatrava.
- Tienes derecho a guardar silencio…
- Dígame teniente Ángel ¿Cuál es su precio? – interrumpe nuevamente a Raúl.
- Yo sí tengo precio señor Calatrava, pero nadie puede pagarlo, aun cuando tuviera ese precio en efectivo. – responde Diego burlonamente.
- Mire esas maletas a su alrededor teniente Ángel. ¿Cree que serían suficientes para pagar su precio?
- Por supuesto que sí, pero como le decía: nadie puede pagar mi precio.
- ¿Y eso por qué sería, Teniente? – pregunta Calatrava algo molesto.
- Porque no permito que nadie pague mi precio, yo siempre consigo el dinero para pagármelo yo mismo. – Calatrava entiende así, que el teniente Diego Ángel quiere quedarse con el dinero suyo, o al menos parte de él, sin hacer trato alguno.
- Discípulos de Gamboa – Dice con tono despectivo - ¿Lo ves teniente Raúl? Tu nuevo compañero me cae mucho mejor que el anterior. – Ríe y luego con una sonrisa, cambia el sentido de su mirada en dirección a Diego – Pero teniente Ángel, si se lleva todo ese dinero despertará muchas sospechas y no tendrá después cómo demostrar su procedencia. Yo podría ayudarle. Yo podría hacerlo más rico que cualquiera

de mis más íntimos trabajadores y amigos, en especial porque hoy mataron a todos.

- ¿Cómo me podría ayudar? – pregunta Diego, mientras Raúl frunce el ceño, pues no está muy seguro de las intenciones de su compañero.
- Dispárele al teniente Raúl y le diré cómo.

Por un instante la tensión se eleva al máximo nivel en la habitación. Raúl ya no sabe a quién apuntar, si al criminal que se encuentra esposado frente a él o al policía que se encuentra tras el criminal. La expresión de Diego es confusa, Raúl no sabe cómo interpretarla. Pero sólo el hecho de llegar a considerar la propuesta de Calatrava, convierte a Diego en una persona poco confiable.

Una lágrima de sudor se desliza por la frente de Raúl en cámara lenta. Entonces Diego rompe el hielo con una estrepitosa risa.

- Si quisiera este dinero simplemente los mataría a los dos y ya está. – Ríe nuevamente y Raúl también sonríe aliviado. – No trates de pasarte de listo conmigo, "padrino".

Raúl baja la guardia, deja de apuntarle a Calatrava y baja su arma, lo que le da la oportunidad a Diego de apuntar la suya, a la cabeza de su compañero.

- ¿Qué crees que haces?
- Cambiando mi vida…
- ¿Es una broma verdad? – interrumpe Raúl indignado.
- Yo no quiero matarte, podríamos disfrutar de esto juntos, es mucho dinero, piensa en lo que…

Raúl, con un rápido movimiento, desvía el arma de Diego y ambos comienzan a forcejear ferozmente por toda la oficina, dejando escapar un disparo accidental de vez en cuando.

Mientras ambos oficiales pelean y se lanzan de un lado a otro, Calatrava se precipita tras la pesada puerta metálica y corre como nunca antes lo había hecho hacia el helicóptero que le aguarda desde hace varios minutos.

Mientras sube al helicóptero ayudado por sus hombres al interior, Calatrava se da cuenta que los ruidos de pelea cesan al interior de su oficina y finalmente, se escucha un disparo. Al parecer, uno de los dos oficiales ha vencido al otro.

El helicóptero de Calatrava, negro como aquella oscura noche, se pierde en el horizonte custodiando en su interior al criminal más peligroso del mundo; mientras que abajo del cielo, en la tierra, dos policías se matan por kilos y kilos de billetes, que a final de cuentas, no son más que trozos de papel.

IX

Miércoles. 6:57 p.m.

- Te ibas propasando un poco con los golpes ¿no crees? – le reprocha Raúl a Diego, mientras se limpia con los dedos la sangre en sus labios.
- Tenía que parecer real, de lo contrario Calatrava no lo hubiera creído. – Diego se masajea su mejilla inflamada y enrojecida.
- ¡Dios! Aún siento un zumbido en mi oído. La próxima vez aleja los disparos de mi rostro.
- Te quejas mucho para ser el que atrapó a Obregón y Raigoza.

- También atrapé a Sarmiento – Se ríe con orgullo y recuerda: – ¡Ah! Y dos veces a Calatrava ¡Ah! y no se te olviden los diez escoltas y cabecillas del narcotráfico que tuve que dar de baja yo solo hace unos minutos. – Ambos se ríen.
- Soy un pésimo compañero ¿verdad? – Pregunta Diego.
- El peor. – Confirma Raúl, mientras reúne las maletas llenas de dinero sucio, en una esquina de la oficina.
- Lo importante es que todo salió según lo planeado por ti. Calatrava está en nuestro helicóptero encubierto, esposado, rumbo a la prisión... – hace una pausa y reflexiona – y lo mejor es que él se subió por su propia cuenta. – Ambos se ríen de la situación; sin embargo, Raúl retorna a su estado de seriedad rápidamente.
- Escucha Diego, debo hacer algo que quizás no te gustará y que me hará ver como un mal ser humano, pero son órdenes del jefe. – Confiesa Raúl con extrema formalidad y Diego le mira fijamente, con expectativa.

Diez segundos después, Raúl aún no encuentra las palabras para decirle a Diego la situación que se presentará en seguida. Para alivio de Raúl, Diego rompe el silencio con una estrepitosa carcajada.

- ¡Eres muy gracioso, Raúl! – Diego continúa riéndose – Debes aprender a relajarte más. No seas tan misterioso, el jefe también me pidió lo mismo.

Acto seguido, Diego toma una de las maletas y la coloca sobre el destruido escritorio. Al abrirla, cientos de paquetes de dólares se asoman. Los ojos de Diego se iluminan como si hubiese visto el más grande tesoro de su vida.

- Así sí vale la pena arriesgar la vida, compañero – Afirma Diego con emoción. Sin embargo, Raúl no comparte el mismo entusiasmo.
- El jefe sólo me pidió tres paquetes de billetes, así que tomaremos esos tres paquetes... – hace un especial énfasis en la palabra "tres" - ...y nos vamos de aquí. No tardan en llegar las otras unidades con tu amigo Suárez.
- Relájate Raúl, el jefe te pidió tres paquetes y resulta que a mí también, es decir, él necesita seis paquetes de billetes. – Le sonríe con descaro – Y nosotros, vamos a llevarnos una pequeña comisión por el sacrificio y buen desempeño de hoy. ¿Quién notará cuando falta una aguja entre mil?
- No te apresures, son muchos paquetes para ocultarlos entre la ropa tan ajustada que llevas.
- Sólo tomaré dos para mí ¿y tú? ¿Cuántos quieres? – entonces le lanza un paquete de billetes a Raúl, quien lo atrapa hábilmente y lo examina. – Podrías comprarle unos lindos zapatos a tu esposa, llevarla a cenar, comprarle un juguete a tu hija...
- A ella le gusta el arte, más que los juguetes.
- Puedes comprarle un pincel, unos crayones... No sé. Lo único que sé es que la cantidad de dinero que tienes en tus manos es una cantidad que no podrías ganar en 10 años de servicio. Y aquí tienes diez años más de trabajo – Diego lanza otro paquete de dólares a Raúl, pero esta vez Raúl no se esfuerza por atraparlo, dejando caer al grupo de billetes en el piso.
- Yo paso, prefiero ganar mi dinero por el trabajo bien hecho. – Le devuelve a Diego el paquete de billetes atrapado y Diego le devuelve una sonrisa de decepción. – Antes que digas algo, puedes estar tranquilo, no soy un soplón.

- Lo sé, yo estoy tranquilo.

Diego toma los tres paquetes de billetes solicitados por el teniente coronel Gamboa y se los esconde entre el pantalón; adicionalmente toma otros dos paquetes y los asegura bajo cada una de sus rodillas, enrollando gran cantidad de cinta adhesiva alrededor de sus piernas. Raúl también toma los tres paquetes de billetes encargados por su jefe y los esconde en los bolsillos de su chaleco antibalas.

- Bueno, creo que ya terminamos aquí. Misión cumplida. – Dice Raúl a Diego, pero éste último le responde con una mirada de malicia.

Diego toma una de las maletas y la oculta en el falso techo de la oficina.

- ¿Qué haces? – Pregunta Raúl sorprendido.
- Vamos a abrir una cuenta de ahorros. – Sonríe con orgullo - Cuando necesitemos dinero, tendremos un "fondo". Esconderemos esta maleta aquí y cuando hayan revisado y sellado el edificio, volveremos por ella. Mientras tanto, debemos cuidar que no sea descubierta.
- Nuevamente no estás pensando con claridad Diego. – Raúl está impacientándose otra vez con su compañero - Van a descubrir ese maletín tarde o temprano... – Piensa unos segundos y complementa su argumento - Calatrava también va a declarar la cantidad de dinero que tenía oculto aquí; podríamos explicar la ausencia de unos cuantos paquetes de dólares, pero no de un maletín completo. Nos van a condenar por corrupción, robo y por encubrimiento de evidencia.
- Por eso no pueden existir testigos...

- ¿A qué te refieres? – Raúl siente lo mismo que sintió el día anterior cuando descendió de su patrulla en la excavación arqueológica, para dar con ese horrible asesinato. Presiente algo muy malo. – Tenemos a Calatrava y a Sarmiento, ellos van a hablar.
- Los hombres tienen órdenes de no dejar con vida a ningún cabecilla o miembro de la guardia personal de Calatrava. Así que Sarmiento no va a sobrevivir esta noche. – Raúl frunce el ceño y deja escapar un suspiro de impaciencia.
- ¿Y qué hay de Calatrava?
- Escucha Raúl, debo hacer algo que no te gustará y que seguramente me hará quedar como un mal ser humano, pero son órdenes del jefe. – Diego repite las mismas palabras que Raúl le había dicho unos minutos antes. Entonces de su bolsillo saca un control remoto de un solo botón, un botón grande y rojo.
- ¿Qué haces? – Raúl sabe qué tipo de detonador tiene Diego en sus manos.
- No pueden quedar testigos…
- ¡No tienes derecho! Hay oficiales en ese helicóptero, buenos oficiales. No sólo son nuestros, son de la fuerza aérea; son militares, agentes…
- Es la única forma de justificar que se haya perdido una maleta completa de dinero, en caso que investiguen los libros contables, los correos electrónicos, etc. – Diego presiona el botón rojo de su control y entonces, a lo lejos, se oye una explosión que sacude a la ciudad.

Raúl comprende por qué Diego trepó por la fachada del edificio dejándolo solo. La verdadera misión de Diego era llegar hasta el helicóptero e instalar los explosivos y la antena del detonador antes que Calatrava se subiera en él. No podían haber instalado el sistema explosivo antes de la misión, pues los pilotos se habrían dado cuenta de su existencia durante las labores de inspección, camuflaje y adaptación del helicóptero o durante los chequeos previos al despegue. Entre Diego y Santiago, idearon un plan secreto dentro del plan de Raúl. El teniente Hurtado no lo puede creer.

- ¡Mataste inocentes! Eres un imbécil Diego. – Dice Raúl con lágrimas de rabia en sus ojos.
- Yo no mate a nadie... yo sólo cumplo órdenes. – responde Diego con frialdad.
- ¡Eres un...! No puedes...! – Raúl desprende un suspiro entrecortado - ...No eres ni la sombra de mi antiguo compañero.

Raúl abandona la oficina de Calatrava, indignado.

X

Jueves. 2:56 a.m.

La luz de la luna llena entra por la ventana y se refleja en las sábanas blancas del lecho matrimonial. Raúl está durmiendo entre el abrazo de su esposa. Tuvo una noche agitada y sus fuerzas se han agotado, no teniendo más remedio que dormir profundamente como todas las noches. Repentinamente, algo lo aleja de ella. Raúl está teniendo una pesadilla y su cuerpo empieza a experimentar un calor excesivo, por lo que siente la necesidad de apartarse del cálido cuerpo de su amada y retirarse algunas cobijas de encima.

Mientras Raúl se retuerce entre el calor, el sudor y los sollozos, su mente está recordando el preciso instante en el que su ex compañero fue asesinado.

- ¡Estás atrapado Calatrava! Sal con las manos en alto – dice Raúl con firmeza, oculto detrás de un depósito de basura, mientras que Calatrava y dos de sus socios más importantes corren por un oscuro callejón sin salida.
- ¡Nosotros somos tres, subteniente! ¿Nos arrestará usted solo? ¿Por qué no sale y nos enfrenta? – Grita con agitación uno de los criminales más peligrosos del mundo, quien responde al nombre de Luis Obregón.

Los tres criminales han llegado al final del callejón, cada uno con un maletín lleno de dólares en una mano y un arma en la otra. Raúl les ha seguido por dos cuadras en una operación dirigida por él mismo.

Los criminales podrían saltar la malla metálica de tres metros y estarían a salvo; pero ya no son los jóvenes que solían ser y aun cuando eran jóvenes, tampoco fueron agiles. Los tres observan la altura de la malla que, en su mente, pareciera ser interminablemente alta.

- Vas a pasar tú primero Calatrava, nosotros te ayudaremos. – Dice el otro de los maleantes de apellido Raigoza. – Cuando estés al otro lado, te lanzaremos los maletines.
- Uno de ustedes tendrá que sacrificarse y entregarse a la policía. – Asiente Calatrava.
- No es necesario, yo subiré, pero antes de bajar tomarás un extremo de mi chaqueta y yo el otro. Así mi peso te halará hacia arriba. – Propone Obregón a Raigoza.

Obregón y Raigoza suben con dificultad a Calatrava por encima de la malla, quien cae del otro lado como un costal, lastimándose el hombro y parte del brazo. Hubiese podido caer mejor, pero por no soltar el dinero, no tuvo con qué amortiguar la caída. Ahora Raigoza ayuda a Obregón, quien en la parte superior de la malla, extiende su chaqueta para que Raigoza la alcance según lo planeado; pero antes que Raigoza logre alcanzar el extremo superior de la malla, otro policía entra en escena y de una patada voladora contra la red metálica, manda a volar tanto a Obregón como a Raigoza quienes caen fuertemente en el suelo, cada uno en un lado diferente de la malla.

El inoportuno agente es Jorge Bolívar, compañero de Raúl y uno de los mejores *Alférez*[2] que ha tenido la policía Nacional.

Jorge procede con el arresto de Obregón y lo esposa mientras le recita sus derechos. Del otro lado aparece Raúl, quién se encarga de Raigoza. Junto a Obregón y el Alférez, se encuentra Calatrava, quién continúa en el piso quejándose y retorciéndose de un lado a otro sobre su espalda.

- ¡Bravo! ¡Bravo! ¡Muy bien caballeros! – Entra en escena, aplaudiendo, el Teniente Coronel Gamboa – Yo me encargo de éste – Afirma señalando a Calatrava y de inmediato se inclina para esposarlo.
- Menos mal aparecieron ustedes, ya me estaba quedando sin aire y sin balas. – Dice Raúl con la respiración agitada.
- ¡Aquí estaré amigo! Siempre apoyándote – Sonríe Gamboa a Raúl a través de la malla y luego se dirige a Jorge – Tú también hiciste muy buen trabajo, novato.
- Gracias mi coronel – responde Jorge con respeto.

El Coronel Gamboa toma el maletín de Calatrava y mueve la cremallera de un extremo al otro dejando el contenido a la

---

[2] Rango policial superior a Cadete, pero inferior a Subteniente.

vista de todos los presentes. Decenas de paquetes de dólares y euros afloran tras la cubierta negra.

- ¿Cuánto dinero hay aquí, Calatrava? – Pregunta el coronel con firmeza.
- No lo alcancé a contar Coronel, tuve que salir de afán – Calatrava se ríe por la gracia de su propio comentario.

Calatrava aún no es el narcotraficante más peligroso y buscado del mundo, en menos de un año lo será; pero antes, en seis meses, Raúl será ascendido a teniente y transferido a otro departamento, a "uno más tranquilo" según Gamboa. Calatrava siente en su interior que pronto dominará al mundo y con ese sentimiento palpitando bajo su piel, considera que toda vida y toda voluntad humana están en sus manos.

- Novato… ¿Sabes por qué el coronel está aquí hoy? – le pregunta Calatrava a Jorge.
- Cállate Calatrava – Responde Gamboa con fastidio.
- Tu jefe siempre ha vivido obsesionado conmigo, atraparme para él es como una bonificación de su trabajo… – Calatrava continúa hablando con Jorge, aunque no recibe respuesta - …Gamboa sabe que donde yo estoy, siempre hay dinero. – Obregón y Raigoza se ríen burlonamente, mientras escuchan a su socio proferir acusaciones contra el coronel.

Gamboa no se inquieta con las palabras de Calatrava, en el fondo sabe que guardan algo de verdad. Sin dudarlo, toma dos paquetes iguales de dólares y le lanza uno a cada uno de sus agentes.

- Si es cierto lo que dice esta rata, entonces para ustedes también habrá "bonificación" el día de hoy – dice Gamboa a sus hombres.

El paquete de Raúl vuela por encima de la enorme malla y cae, en el piso, frente a sus pies. Raúl niega con su cabeza, intentando decirle a Gamboa que no haga eso frente a su compañero. Mientras tanto, Jorge mira con desprecio el fajo de billetes que ahora reposa en sus manos.

- Sabe que no puedo aceptar esto… ¿Verdad mi coronel? – Dice Jorge dudando si acaso la situación es una broma o una prueba de su jefe.
- ¿Por qué Alférez? ¿Acaso le sobra el dinero? – replica Gamboa con impaciencia.
- Yo, ehm yo… yo no soy esa clase de policía, mi coronel. – el alma de Jorge se retuerce en su interior – Ese dinero es sucio y… - busca en todas partes otra excusa para no aceptar ese dinero y no ceder ante el conflicto moral que le carcome internamente - …ellos podrían delatarnos.
- Si el problema son ellos, no se preocupe… ellos no pasarán de esta noche – Gamboa toma su pistola y le cambia el cargador por otro que obtiene de su bolsillo.
- ¡Así no actúa un policía! – grita Calatrava al darse cuenta que su vida corre peligro, tratando de influenciar a cualquiera de los agentes presentes, y lo logra, pues Jorge apunta su arma en dirección al coronel.
- ¡Ese dinero está sucio mi coronel! – toma un poco de aire – así no actúa un policía – Jorge repite, inconscientemente, las mismas palabras que dijo Calatrava segundos atrás.
- ¿Cómo se atreve a apuntarle a un superior, Alférez? – Ahora Gamboa dirige la mira de su pistola a Jorge.
- Jorge, baja el arma – Raúl intenta conciliar entre los dos – No lo hagas, no es necesario. El coronel sólo te estaba probando.
- ¿Tú también tomas el dinero de los narcotraficantes? – Jorge le pregunta a Raúl.

- Baja el arma, Jorge. – Raúl trata de permanecer calmado.
- Debo hacer lo correcto, ustedes son policías corruptos...
- Esas son palabras fuertes, Jorge – Raúl sabe que la situación está alcanzando un punto de no retorno - ¡Mierda! – Está perdiendo el control e intenta retomarlo – Deja tu arma a un lado, Jorge, por favor.
- Debo hacer lo correcto – repite el Alférez – Yo, debo entregarlos a todos, todos deb...

Un disparo retumba en la noche ensordeciendo a las almas perdidas. Incluso la luna se avergüenza de lo que acaba de presenciar y decide ocultarse tras un manto de nubes. A unas pocas cuadras, ladrones, prostitutas y asesinos se esconden, buscan refugio en cualquier parte, como si temieran que aquel disparo les fuera a hostigar para ajusticiarles. Por otro lado, dos patrullas y un camión de policía se acercan al lugar de los hechos.

El alférez Jorge Bolívar deja de respirar. Una bala desconocida atravesó su cabeza de lado a lado y su sangre invade el pavimento de un oscuro callejón en la ciudad capital. Después de que el disparo, liberado por el coronel Santiago Gamboa, atravesara su cabeza, Jorge permaneció vivo cinco segundos más. Cinco segundos, suficientes para que en su porción intacta de cerebro pudiera comprender lo que había pasado. En sus últimos cinco segundos, Jorge descubrió que no basta con ser "bueno" en la vida; quizás es hasta más necesario y útil ser inteligente. Generalmente, los inteligentes optan por ser buenos; lamentablemente, no todos los buenos son inteligentes. No basta con ser bueno para sobrevivir ni para que te vaya bien en la vida.

El coronel Gamboa ha desaparecido de la escena sin dejar rastro, sin llevarse si quiera un paquete de billetes. Esta noche no hubo "bonificación" para nadie. Gamboa tiene la coartada perfecta para negar su presencia en la escena, estaba tomando unas copas con unos amigos de la política y la farándula nacional. Nadie podría contradecirle jamás.

Raúl queda solo, frente a los tres peligrosos capturados y su compañero muerto. Los narcotraficantes no hablarán, no delatarán a Gamboa ni contarán lo sucedido. No les conviene. En seis meses, Raúl será ascendido de rango y promovido a otra sección de la policía. No aceptará a ningún compañero desde entonces, pues no querrá que otro "novato" corra peligro. Su jefe también es su mejor amigo y sabe que sería incapaz de lastimar a Raúl; pero ya está visto que con los demás no tendrá el mismo nivel de compasión. Un ascenso y un mejor puesto, es lo que puedes lograr dejando morir a tu compañero en este corrupto país.

Calatrava escaparía dos semanas después de la cárcel, logrando mayor fama, mejores ingresos y mucho más poder que antes; aunque como ya es sabido, dicha fama y poder sólo le duraría un año adicional, hasta la noche en que fuere asesinado por las órdenes del coronel Gamboa y el accionar de un botón por el nuevo compañero de Raúl.

Jueves 3:00 a.m.

Raúl ha despertado de su pesadilla y se encuentra, de frente, con el dulce rostro de Marcela; entonces varias lágrimas empiezan a descender por su mejilla derecha que reposa sobre la cama. ¿Qué piensa Marcela de él? Kiara, su hija ¿Acaso podría sentirse orgullosa de su padre? Raúl no puede dormir más y continúa despierto hasta las 7:30 a.m. hora en que se levanta para ir a trabajar.

XI

Jueves 9:07 a.m.

Los tenientes Hurtado y Ángel esperan en la oficina del coronel Gamboa, en silencio. Aún no han podido superar las diferencias de pensamiento que les discordaron la noche anterior. No cruzan palabras, no cruzan sentimientos, ni siquiera cruzan sus miradas, como si compartir el aire que respiran fuese más que suficiente.

El coronel Gamboa irrumpe abruptamente, como siempre lo suele hacer, en su propia oficina y mira a sus dos hombres con el orgullo que un padre contempla a sus hijos después de decir su primera palabra o dar su primer paso.

- ¡Caballeros! Ayer ustedes hicieron historia. De verdad que me siento muy orgulloso de ambos. – Enciende el televisor que hay en su oficina y coloca el canal de noticias - Los medios no paran de hablar de la operación de ayer. – Con una sonrisa, Gamboa se dirige a Raúl. – Tu operación, Raúl… – enfatiza y señala al teniente con el dedo índice –…tu operación fue todo un éxito.
- Murieron cinco agentes inocentes y un piloto en el helicóptero de Calatrava, coronel.

La incomodidad del teniente Hurtado es evidente y contrasta fuertemente con la tranquilidad que respiran Diego y Santiago. Esta gran diferencia de energías, hace que Diego deje escapar un suspiro burlesco y suelte una de sus irónicas frases.

- Eso se llama daño colateral y existe en todas las operaciones policiacas, militares…
- No me vengas con eso Diego – interrumpe Raúl – Tuvimos nueve bajas en el enfrentamiento con los

milicianos. Ese quizás es un daño colateral, pero ¿Qué razón había para sacrificar a seis personas más?
- Recuerda que también hubo muchos heridos – Replica Diego.
- ¡Heridos! ¡Sólo fueron heridos! Además de los nueve compañeros caídos – Una gota de saliva sale disparada mientras Raúl grita. – ¡Los otros seis muertos, los mataste tú solo Diego!
- ¿Podrías bajar la voz? – Santiago trata de menguar los ánimos entre sus dos oficiales – Recuerden que están en mi oficina y hay mucha gente afuera pendiente de ustedes dos. Ustedes son los malditos héroes del día, así que salgan y disfruten su cuarto de hora.

Mientras Santiago señala la puerta de su oficina, alguien la golpea solicitando ingreso. La sombra que se alcanza a distinguir tras la ventana de vidrio mateado, muestra a un hombre demasiado grande y de prominente barriga.

- ¡Adelante! – Dice Santiago con expresión de no estar esperando visita.

El misterioso gigante abre la puerta, para dejar claro que no se trataba de un colosal obeso, sino de uno de los hombres más altos del departamento de investigación quien cargaba incómodamente el clarinete perteneciente al caso dirigido por Raúl.

- Buenos días Coronel, estaba buscando al teniente Hurtado y me dijeron que podía encontrarlo aquí – Extiende sus brazos y entrega el maletín negro al teniente. – Su oficina estaba cerrada, así que decidí traerlo hasta aquí.

- Muchas gracias Gómez – Raúl recibe el maletín y lo coloca sobre la silla más cercana - ¿Pudieron encontrar algo determinante?
- Nada Señor, el clarinete no posee ningún tipo de toxicidad, ni biológica, ni química, nada. A pesar de lo antiguo ni siquiera posee hongos, ni óxido – aclara el laboratorista – Pareciera que la caja lo hubiera preservado y aguantado todo. Los resultados ya fueron enviados a los abogados del caso y los expondrán en el juicio de hoy.
- Perfecto Gómez, puede retirarse.

El alto laboratorista hace una leve inclinación de cabeza y se retira, cerrando la puerta a sus espaldas y dejando nuevamente a los tres integrantes de la incómoda discusión, solos.

- Sería muy interesante asistir a ese juicio ¿No cree teniente Raúl? – Santiago acaricia el negro cuero del maletín y lo acomoda sobre su escritorio.
- No veo interesante en ello, obviamente el arqueólogo cometió asesinato y pensó que la antigüedad del clarinete le daría alguna clase de coartada – Afirma Raúl.
- ¿Siempre eres así de rápido para juzgar a otros, teniente? – La cínica sonrisa de Diego sorprende a Raúl y a Santiago - Todos somos inocentes hasta que se demuestre lo contrario.
- Inocentes como los seis oficiales que mataste, ellos ni siquiera tuvieron la oportunidad de un juicio. Pero te aseguro que tú tendrás un juicio en esta vida o la otra, Diego. – Raúl empieza a elevar el tono de su voz nuevamente.

El entrenamiento de Raúl, le permite reconocer cuando una situación es causa perdida y por eso sabe que la discusión en la que se encuentra ahora sumergido, ya no tiene sentido.

Diego siempre se considerará a sí mismo como un héroe de la patria por haber asesinado a Calatrava, aun cuando haya sacrificado muchas vidas innecesariamente. Por otro lado, a su jefe sólo le interesa el dinero y la fama que pueda traer su trabajo. Raúl decide entonces, dar por terminada la charla y entregarle a Santiago el "encargo" de la noche anterior. Raúl introduce su mano derecha entre la chaqueta y saca una bolsa en donde se encuentran amarrados herméticamente los tres paquetes de dólares decomisados fraudulentamente ayer. Al observar las intenciones de Raúl, Santiago le detiene apoyando sus manos contra las de él.

- Aquí no, mi estimado teniente. – El coronel Santiago Gamboa mira su alrededor y fija su mirada también en Diego, incluyéndole tácitamente en su advertencia – Hay muchos ojos y oídos en esta oficina. No debieron traer eso aquí. – les reclama.
- Mi coronel, pensamos… o bueno, yo también pensé que el motivo de la reunión a primera hora era el de hacer entrega del encargo. – Dice Diego arrugando la frente y entrecerrando sus ojos como suele hacerlo cuando está confundido y molesto.
- No. Los llamé para tres cosas, además de las felicitaciones ya entregadas. La primera es que tienen el día libre hoy… – Raúl y Diego se miran entre sí con un poco de satisfacción, olvidando por aquel segundo las gigantes diferencias y disgustos que comparten. Cuando se es policía, un día menos sin arriesgar la vida es un alivio, una bendición - … Vayan a sus casas, inviten a sus esposas a un lujoso restaurante, háganles el amor…
- Yo soy soltero, Señor. – Interrumpe Diego y agrega una sonrisa a su insolencia.
- Seguro encontrarás alguien o algo a quién hacerle el amor. – Todos se ríen de la respuesta del coronel.

- ¿Segundo? – Pregunta Raúl recobrando la seriedad rápidamente.
- Segundo, ambos volverán al departamento de investigación y criminalística… – Hace una pausa y mira a sus dos tenientes prediciendo la reacción que tendrán una vez concluya la frase - …y trabajarán juntos, de ahora en adelante.

Como niños pequeños a los que se les pide que hagan las paces después de una riña, Raúl y Diego empiezan a quejarse y hablar simultáneamente, siendo sus palabras ininteligibles para el coronel; aunque a éste le resulta obvio saber que se están quejando de su decisión.

- ¡Es una orden caballeros! – los alaridos de los dos tenientes cesan al instante.- El tercer punto es que mientras concluye el juicio de Bernardo Alcázar, quiero que cuiden este clarinete con su vida. – Vuelve y acaricia el negro y roído cuero con ternura. – Cuarto…
- Sabía que eran más de tres cosas, siempre hay algo más. ¿Cuál es el cuarto punto mi coronel? – Raúl intenta ser respetuoso después de su grosera interrupción.
- Cuarto – Enfatiza Santiago – Los espero esta noche, ocho en punto, en el Di Luca, allí hablaremos de otros seis puntos importantes, tres puntos que tiene cada uno de ustedes y que necesito… discutir. ¿Entendido?
- Sí mi coronel – Ambos tenientes responden en coro.
- Ya pueden retirarse.
- ¡Sí señor! – Vuelven a responder al unísono. No obstante, Diego se detiene y se dirige al coronel Gamboa: - El Di Luca ¿Acaso no es ese restaurante lujosísimo al norte de ciudad?
- Ustedes se lo merecen caballeros; pero no se preocupen, pagaremos la cuenta estilo americano –

el coronel hace una pausa y se acerca inquisitivamente a Diego - ... Supongo que con el bono que te ganaste anoche, no habrá ningún problema en gastar algo de dinero en buena comida.

- Mi coronel, los buenos viajes, la buena comida, las buenas mujeres y en general los buenos placeres, nunca son un gasto de dinero; yo los considero una inversión. Allí estaré. Permiso – Diego se retira con toda prisa evadiendo el comentario delator de su superior.

Raúl se queda inmóvil mirando a su jefe y amigo, el coronel Santiago Gamboa. En su mente trata de encontrar las palabras precisas para tantas cosas que le gustaría decirle, para tantos reclamos que tiene acumulados, para tantos insultos que aún no le ha espetado. Pero su relación es compleja, es tensa. Raúl y Santiago se conocen desde muy jóvenes. Santiago le ayudó a ingresar a la policía a Raúl, después de que éste no fuese admitido en ninguna universidad; Santiago llevó a Raúl a su primer prostíbulo, en el que también perdió su virginidad; Santiago le presentó a Marcela; Santiago lo ascendió y le dio los recursos necesarios para que Raúl, con dinero, pudiera amortiguar frente a su esposa, la pérdida de su primer hijo. No, Raúl no es capaz de reprocharle algo a Santiago, pareciera no haber otra opción que tenerle paciencia.

- Hasta que finalmente me conseguiste un compañero y de paso, un nuevo compinche para ti ¿no? – Trata de suavizar sus palabras con una sonrisa.
- ¡Vamos Raúl! Lo hago por ti y por Marcela. Ella estará más tranquila. – Dice el coronel, mientras enciende un cigarro.
- Hacer explotar el helicóptero... – Raúl mira a Santiago fijamente a los ojos - ... ¿Fue idea tuya?
- ¡Vamos Raúl!

-   Responde, por favor: - Raúl le pregunta con mayor firmeza -¿Tú le diste la orden a Ángel que volara el helicóptero con nuestros hombres dentro?

Tras un humeante suspiro y mientras los anillos de nicotina se disuelven en el blanco techo, el coronel Gamboa responde: - Sí.

Raúl se queda inmóvil, esperando que Gamboa agregue una explicación a su respuesta; pero él continúa absorbiendo el humo y lanzándolo hacia el techo, pausadamente.

Al ver que Raúl no se irá sin explicaciones, Gamboa finalmente decide agregar algo más a su monosilábica afirmación.

-   Era lo que se debía hacer, Calatrava le ha hecho mucho daño a nuestro país, al mundo entero. Tampoco estaba respetando los beneficios que la policía le había concedido. Teníamos que decir que se derribó el helicóptero como última medida para evitar otro escape de Calatrava. Si lo atrapábamos, él se habría fugado de prisión nuevamente o seguiría operando su cartel desde el interior; si lo matábamos a sangre fría, las fuerzas armadas quedaríamos como unos sanguinarios, como unos revanchistas. Ya sabes cuantas personas están a favor de las drogas y cuántos viciosos idolatran a los cabecillas narcotraficantes. Era la única oportunidad, la única opción.
-   Eso podría entenderlo, quizás algún día; lo que no podría entender jamás es por qué permitiste que cinco personas inocentes, además del piloto, subieran a ese helicóptero.
-   Son el mismo número de hombres que acostumbraban acompañar a Calatrava en su nave. Lo siento, pero Calatrava debía pensar que era su

helicóptero y que eran sus hombres... - Gamboa retira la mirada de los ojos llorosos y acusadores de Raúl - ... Fue como dijo Ángel: daño colateral.

Raúl suspira y le da la espalda a su coronel. Cada vez Gamboa es menos amigo, menos jefe y menos héroe para el teniente.

- Cómprale un lindo vestido a Marcela de mi parte, llévala al cine, a almorzar, a que se arregle y se relaje en un spa, todas las mujeres lo necesitan.
- No tengo dinero para esas cosas, pero sería agradable. – Continúa dándole la espalda a su coronel, quién se levanta de su asiento impaciente y se le acerca a Raúl por la espalda.
- Ahora respóndeme tú: ¿Me estás diciendo que no tomaste algo de *dinero*... – baja la voz en esta última parte - ... para ti?
- ¡Sí! Eso estoy diciendo Santiago. – Raúl agarra con firmeza el picaporte de la puerta y lo gira, abriéndola.

Antes que salga Raúl de su oficina, el coronel Gamboa deja escapar al cielo el humo que retenía temporalmente en sus pulmones y le dice con sarcasmo:

- ¡Cómo has cambiado teniente! Cómo has cambiado.

Raúl desaparece por el pasillo de la jefatura de policía sin alcanzar a escucharle, sin querer mirar atrás.

XII

Jueves 8:35 p.m.

El restaurante Di Luca es conocido en la ciudad por sus deliciosos platos italianos y su ambiente acogedor que combina la arquitectura grecorromana con la moderna. Esta noche, el Di Luca tiene gran concurrencia, como es de esperarse un día jueves en la capital.

En el centro de la sala principal del restaurante, el coronel Santiago Gamboa espera a dos importantes invitados, o eso parece, ya que se encuentra sentado en una mesa para cuatro personas. Junto a la mesa, una botella de champaña dentro de una hielera condensa el vapor de aire del lugar y lo transforma en pequeñas gotas de agua helada que se posan sobre la metálica superficie. Santiago ya se ha tomado más de media botella, él solo, y piensa acabársela con prontitud antes que lleguen sus invitados. Sobre la mesa, una copa vacía le indica a un mesero cercano que debe llenarla de inmediato, nuevamente. Tras cumplir su misión, el mesero se retira con una ligera reverencia a la cual Santiago no presta atención, pues está ocupado con varias piezas metálicas que ha ubicado sobre la mesa.

Santiago está armando un antiguo y deteriorado clarinete mientras espera a sus colegas Raúl y Diego, quienes llevan retrasados más de media hora para cenar. El clarinete era para Santiago, horas atrás, un adefesio antiguo y despreciable; pero el día de hoy le tomó bastante cariño. Siente una intensa e indescriptible atracción por aquel instrumento que lo ha motivado a ensamblarlo sin razón, en un lujoso restaurante. Aún sin saber por qué lo hace, el coronel continúa con su tarea, uniendo y enroscando pieza por pieza, ante la curiosa mirada de otros clientes, a quienes también les llama la atención la particular fealdad del clarinete. ¿Será acaso el hecho de ser parte de las pistas esenciales de un homicidio? ¿Será el precio del instrumento declarado por Bernardo Alcázar durante el juicio? ¿Será la sensación de peligro al tenerlo en sus manos? Ni siquiera Santiago sabe lo que le causa tanta expectación y la necesidad de tenerlo armado en sus manos. Santiago mira el clarinete, como mira un adolescente a su primer amor, con ese impulso natural e instintivo de querer poseer a algo o a alguien aún sin comprenderle, con la disposición de ofrecer la vida, para poder sentirse vivo.

Ya sólo falta, aparentemente, la boquilla del clarinete para que éste quede totalmente armado. Santiago instala la pieza ausente y mira el instrumento de un ángulo a otro tratando de descifrar, limitado por sus nulos conocimientos de música, si ya está concluido satisfactoriamente o no.

Mientras el coronel Gamboa contempla su obra maestra terminada, Raúl y Diego llegan a la mesa y él se levanta para saludarlos con fraternal estrechón de manos. Santiago mira de reojo con dirección al cubo de hielo donde reposa el champaña, para darse cuenta con tristeza que debió haber bebido más rápido, pedir la siguiente botella y así no quedar como un "alcohólico" ante sus subalternos que mirarán con novedad una botella vacía. Santiago no musita palabra, limitándose a invitar a la mesa a sus hombres con una leve seña de su mano izquierda.

Jueves 8:40 p.m.

- Lamentamos el retraso señor – se disculpa Diego mientras se acomoda en la mesa.
- El tráfico estaba realmente insoportable – añade Raúl a las disculpas de Diego.
- La casa de Raúl queda por el camino así que decidí traerlo.

- Un amable gesto de tu parte Diego, ya empiezan a trabajar como equipo ¡Me gusta eso! – Afirma el coronel y entonces posa su mirada sobre el clarinete armado a un lado de la mesa – No obstante, creo que dejaron abandonada en mi oficina esta hermosa pieza que les encargué cuidar con su vida.

Raúl y Diego cruzan miradas de arrepentimiento y ofrecen disculpas por su descuido. Santiago les recuerda a sus muchachos la importancia que tiene este instrumento y su gran valor como pieza musical y por supuesto, su gran valor económico.

Cuando Santiago menciona el gran precio del artefacto, Raúl se da cuenta que su jefe o bien estuvo presenciando el juicio de Bernardo Alcázar o estuvo leyendo detenidamente los reportes del caso, lo que le remueve las entrañas. Raúl presiente que algo no está bien y que su jefe nuevamente realizará una petición que falta a la ética. El coronel ya se ha salido con la suya varias veces, así que seguirá haciéndolo. Todo lo malo envicia, incluso la maldad misma.

- El día de hoy Bernardo Alcázar fue declarado inocente... – Narra el coronel tras beber un trago de champaña –...No hubo pruebas concluyentes en su contra y según las pruebas, es físicamente imposible que Bernardo hubiese podido romper el cuello de alguien con sus propias manos y de una manera tan precisa.
- Entonces el hombre se salió con la suya, es increíble que nuestro sistema judicial se encuentre tan mal... - En la mente de Raúl, vuelven a surgir aquellas imágenes ya olvidadas de tan espantoso crimen, lo que hace que sus palabras suenen con resentimiento.
- ¿Quién lo creería? ser el único en la escena del asesinato, ser el único testigo de los hechos y resultar libre. – Diego gesticula lo que dice con sus manos y

luego señala a Raúl, abriendo sus palmas hacia arriba - ¿Ves? "Todos somos inocentes hasta que se demuestre lo contrario" – Rescata las palabras que había dicho a su nuevo compañero en la mañana.

- Lo sorprendente del caso es que a pesar de haber salido libre, Bernardo continuó sosteniendo su loca historia sobre el clarinete y de cómo éste influyó sobre Abel Gallardo para que, con un rápido movimiento de cabeza, él mismo se quitara la vida. – El coronel hace una pausa y mira el instrumento con fingida decepción - ...Que trastornada está la gente hoy en día.

- ¿Por qué lo trajiste al restaurante? – Indaga Raúl con preocupación, mirando en dirección al clarinete.

- En primer lugar, es una magnifica pieza de arte, quería que nos acompañara hoy ¿No están de acuerdo?. Segundo, les encargué que a esta pieza de arte la cuidaran con su vida y la dejaron abandonada en mi oficina, así que técnicamente me deben la existencia de cada uno de ustedes y por último, quiero pedirles el favor que la vendan. – Ni Raúl ni Diego pueden creer lo que acaban de oír. A pesar de la mínima moral que posee Diego, en su interior también considera que es una petición desbordada. – Abel Gallardo lo valorizó en cien mil dólares así que estoy dispuesto a darle a cada uno de ustedes, treinta mil. Sesenta por ciento para ustedes y cuarenta para mí ¿Qué les parece?

- Ese clarinete es evidencia policiaca... - Interrumpe Raúl con su rostro enrojecido de ira.

- De un caso que ya se cerró, Raúl... – Tratando de ahogar la desesperación en contra de quien lo ha contrariado con frecuencia en los últimos días, el coronel bebe otro rápido sorbo de champaña - ...¡Nuestro laboratorio demostró que no había nada incriminatorio en el clarinete! Podemos comprar otro más económico y reemplazarlo, nadie nunca notaría el cambio. Igual, de no venderse reposaría eternamente en los archivos de la estación de policía, lo cual es un desperdicio.

Raúl, indignado, como ya debería estar acostumbrado a sentirse desde que trabaja para Santiago Gamboa, sin haber ordenado aún la comida, se levanta de su asiento con intenciones de abandonar el restaurante.

- Vamos, el coronel no puede estar hablando en serio – Diego intenta persuadir a Raúl que se quede un poco más, por lo menos después de cenar. Diego muere de hambre y lo único que siempre le ha importado, como sucede con la mayoría de seres humanos, es satisfacer sus necesidades básicas inmediatas. No quiere irse del lugar sin digerir algo.
- Estoy hablando muy en serio caballeros, muy en serio – enfatiza el jefe aumentando el volumen de voz.

Un suspiro de Raúl se volatiliza en el aire, mientras sus hombros caen como si acabasen de descargar un gigantesco peso de encima. Una idea acaba de apoderarse de sus labios y exige ser pronunciada. Dando media vuelta, Raúl dirige una intensa mirada al coronel Gamboa; en sus ojos hay fuego y sangre, aquel a quien antes admiraba con todo su ser y que en algún momento se convirtió en su apoyo, en su único amigo, ahora significaba menos que nada para él.

- Si el clarinete no tiene problema alguno ¿Por qué no interpretas alguna melodía? Recuerdo que en el colegio hacías parte de la orquesta y tu especialidad eran los instrumentos de viento…
- Así es, pero yo tocaba otros instrumentos, esto… - Gamboa mira el clarinete sobrestimándolo – esto es totalmente diferente.

- ¿Tienes miedo? – Le reta Raúl con felonía.
- No me digas que tú crees en historias de brujas y cuentos de hadas, teniente Raúl. – Una sonrisa nerviosa revela el intento del coronel por ocultar sus dudas.
- Por supuesto que no, yo creo en la verdad y en la justicia y si ese instrumento no es maléfico ni Bernardo Alcázar es culpable como dijeron en su sentencia, debo estar seguro de ello, con pruebas. Yo nunca creí en la versión de Bernardo Alcázar, es una idiotez, y yo sé qué él es culpable, pero ¿lo crees tú?
- En ese caso, intentaré interpretar algo, para deleite de ustedes y de todos los presentes. – Gamboa extiende los brazos intentando involucrar a todos los presentes con sus gestos.

El coronel Santiago Gamboa se levanta y se retira la chaqueta, dejándola en el espaldar de su silla; quiere sentirse más cómodo y sabe que la actividad que está por emprender le hará sudar en sobremanera. Toma el horrible artefacto con desconfianza entre ambas manos y contempla una vez más la fealdad de aquel clarinete. Una punzada profunda le perfora la espalda, pero rápidamente se convence a sí mismo que es causada por el stress de los últimos días; con dos de sus mejores hombres a la expectativa, no puede darse el lujo que le sientan débil y mucho menos supersticioso.

Santiago posa la boquilla del clarinete en sus labios y comienza a exhalar con todas sus fuerzas por la boca.

XIII

Jueves 8:52 p.m.

Como era de esperarse, la primera nota que emite a través del clarinete suena patética, débil, desafinada. El teniente Diego Ángel deja escapar una risa burlona y el coronel, sin abrir los ojos, sonríe burlándose también de sí mismo. Gamboa vuelve a colocar sus labios en la boquilla y esta vez trata de concentrarse más; si tan sólo supiera como ubicar los dedos en el instrumento, quizás podría improvisar algo, pero no, no lo sabe.

Santiago empieza a emitir sonidos forzados intentando cambiar de notas con el sonido de su propia exhalación, lo cual suena horrible; todos los comensales del restaurante concuerdan con esta afirmación, pues ninguno le quita la mirada expresando disgusto e incomodidad.

Después de unos cuantos segundos, Gamboa pareciera haber encontrado la correcta ubicación para sus manos, logrando variar las notas y evocando aquellas épocas de colegio en que tocaba la flauta decentemente. Poco a poco las notas van tomando sentido hasta convertirse en una melodía y la melodía, en música. Interpreta sonidos desconocidos y carentes de sentido estético o artístico, pero aun así podrían considerarse música para algún neófito en el tema.

Entonces, mientras interpreta por primera vez un clarinete, el coronel Santiago Gamboa comienza a presenciar en su mente los recuerdos más emblemáticos de su vida. Recuerda los felices momentos vividos en la orquesta sinfónica, cuando era un simple niño que nada sabía de su destino. Recuerda a Max, el compañero percusionista que le invitó por primera vez a una cerveza y que luego le incitó a consumir drogas. Revive el momento en que fue expulsado de la escuela, razón por la cual su papá, conocido por ser un alcohólico empedernido, le propinó la paliza de su vida para luego recluirlo en un instituto militar. Ahora salta al momento en que, después de ser acogido por la madre abandonada por el esposo, presencia como ella intentó suicidarse una y otra vez, mientras él, impotente, no sabía cómo ayudarla, pues se supone que son los padres quienes ayudan a sus hijos en los primeros años de vida y no al revés. En la cabeza de Santiago, desbordante de recuerdos que habían muerto, recuerda a Raúl, ese amigo que aunque menor, le permitió descargar toda su ira y sus problemas en más drogas, alcohol y mujeres. Recuerda aquella noche en que su madre fue a parar en un hospital por sobredosis farmacéutica y él, buscando una forma de canalizar todo el amor convertido en odio que sentía por la mujer que le había dado la vida, tomó los ahorros ocultos de ella y llevó a Raúl a un prostíbulo para no sentirse solo mientras descargaba toda la furia que ahora sentía por las mujeres en otra mujer desesperanzada, ritual que se convirtió en un sistema de catarsis basado principalmente en sexo violento y burdo. Vuelve a la mente de Santiago el momento en que se convirtió en policía, una de sus pocas alegrías, rememorando cada uno de sus ascensos más que todo alcanzados por traiciones a criminales que solían ser sus familiares, amigos o socios, vínculos que nadie más, a parte de él, conocía.

Mientras la inexplicable melodía emitida por el clarinete del coronel se vuelve más agresiva y sombría, Santiago recapitula esa horrible noche en que mató al compañero de su mejor amigo, al alférez Jorge Bolívar y de inmediato, como si todas sus acciones estuvieran conexas a dicho momento, Santiago presencia en su interior todos los dineros que incautó ilegalmente durante sus operaciones policiales. Para cuando abre los ojos y vuelve a la realidad, el coronel Gamboa se da cuenta que su canción ya no suena tan mal. Lo único, es que al mirar a su alrededor, ya no se encuentra en aquel lujoso restaurante con sus hombres. No, el coronel se encuentra en otro lugar.

El coronel deja resbalar el clarinete de entre sus manos y éste cae con estrépito sobre la mesa, rompiendo un par de platos y una de las copas de champaña, antes de quedar oculto bajo una silla.

- ¿Dónde estoy? – Mira con confusión a su alrededor.
- Santiago ¿Estás bien? – Raúl pregunta pero no hay respuesta. Santiago simplemente continúa mirando a todas partes y a ninguna parte al mismo tiempo. - ¿Qué te pasa?

El coronel Santiago Gamboa no escucha, no ve, ni siente a ninguna de las personas a su alrededor. Los susurros de los asustados clientes a su lado no lo coartan, al contrario, cada vez parece más fuera de sus cabales. De repente su mirada se enfoca en un punto en particular y mientras lo contempla, el miedo se apodera de su expresión.

- ¿Quién eres tú? – Pregunta mirando fijamente a Raúl, quien es el punto en donde la mirada de Santiago confluye.
- ¿A qué te refieres? – Raúl aún duda si todo esto va en serio o es otra de las pesadas bromas de su amigo y jefe, Santiago. – Soy yo, Raúl. – Complementa.

De repente, en uno de los restaurantes más lujosos y concurridos de la ciudad, se ha presentado un show improvisado, ofrecido por tres oficiales de policía vestidos de civil. Los clientes han olvidado sus deliciosos platos y observan expectantes, en qué ha de terminar tan particular escena de confusión y locura.

- ¿Quién eres tú? ¿Por qué hay tanta sangre? – Pregunta Santiago a Raúl, aunque por la expresión en sus ojos y temblorosa voz, pareciera que estuviera hablando a un criminal y no a su gran amigo de infancia.

Raúl, al oír los confusos cuestionamientos de Santiago, recuerda de inmediato, y en cuestión de segundos, el informe escrito por Bernardo Alcázar en donde aseveraba que el occiso hacía las mismas preguntas justo antes de que su cuello girara como una hélice de avión. ¿Estará Santiago fingiendo? ¿Será una broma pesada? Quizás Santiago está citando los informes y la declaración de Bernardo Alcázar, solamente para darle una lección a sus agentes por obligarlo a tocar ese horrible instrumento. No, Santiago no es de ese tipo de bromas en las que se pone en ridículo frente a una multitud; además, Santiago no es tan buen actor. El coronel tiene tanto miedo que suda en grandes cantidades y sus ojos están a punto de liberar un par de lágrimas. No, Santiago no es tan buen actor, lo que está experimentando es real. La situación se torna mucho más complicada cuando el coronel Gamboa saca su arma y la apunta en dirección a Raúl. En ese momento todos los clientes, asustados, abandonan el lugar entre un mar de algarabía y gritos.

-   ¡Mi Coronel! ¿Qué está haciendo? – grita Diego quien, tras una reacción instintiva, ya tiene su arma desenfundada y apuntando hacia su coronel.
-   ¡Guarda el arma Diego! – Raúl intenta convencer a Diego que no vaya a cometer ninguna locura; además, porque al observar detenidamente la posible trayectoria de la bala del coronel, nota que no le está apuntando a su cabeza. Parecería que Santiago Gamboa estuviese apuntando a un objetivo veinte centímetros más alto que Raúl.

Raúl gira su cabeza, disimuladamente, tratando de comprender a qué o a quién le está apuntando su coronel;

pero no ve nada en particular. Detrás de él no hay alguien más.

- No te me acerques – ordena el coronel a quien sea que le esté apuntando.
- ¡Todo está bien coronel! No me acercaré… - Raúl da un pequeño paso lateral hacia la derecha, intentando comprobar su teoría: El coronel no le está apuntando a su cabeza. – Relájate – mientras le habla vuelve a dar otro paso y, tal como lo había predicho, el coronel no sigue a Raúl con el arma, al contrario, sigue apuntando al mismo punto en el vacío, más alto que Raúl. Lamentablemente, Diego no se percata de lo que su compañero acaba de descubrir.

Las manos del coronel tiemblan frenéticamente y una buena cantidad de fluidos transparentes empiezan a salir por sus ojos, nariz y boca.

- ¡Dije que no te acercaras! – Exclama el coronel desesperado.
- ¡Raúl está quieto! ¡Baje el arma coronel! – Ahora es Diego quien grita.
- ¡Diego! ¡Baja tu arma! – Raúl también entra en la contienda de alaridos.
- ¡No te me acerques más o te juro que te disparo maldito monstruo!
- ¡Raúl no se ha acercado!
- ¡Diego! El coronel no me está apunta…
- ¡Te lo advertí! – El coronel Gamboa, con su temblorosa mano, hala del gatillo.
- ¡Coronel! ¡No! – Alcanza a decir Diego.
- ¡Diego! Nooo…

Tal como Raúl lo pronosticaba en su mente, el tiro del coronel pasa muy lejos, para un policía experimentado, de su cabeza y se incrusta en la pared desprendiendo unas cuantas partículas de polvo y pintura blancas. Ese disparo no le importaba en lo absoluto a Raúl, sabía de antemano que no iba en dirección suya. Sin embargo, el disparo que sí le importaba era el de su compañero Diego, quien proyectaba la punta de su arma, perfectamente, a la cabeza de su coronel.

Raúl se abalanza con gran destreza sobre su compañero, intentando detener o al menos desviar el disparo, pero ya es demasiado tarde. La plateada bala proveniente del arma de Diego, destroza en varias secciones la mandíbula del coronel, le atraviesa la columna vertebral como si fuese un taladro y deja fragmentos de hueso, plomo y sangre en las mesas ubicadas a sus espaldas; el coronel, en su pesada caída, rompe la silla en pedazos.

Raúl y Diego también caen juntos y estruendosamente al piso.

- ¿Qué hiciste? – pregunta Raúl a Diego mientras observa la desgarradora escena; pero no recibe respuesta, Diego está en shock.

Raúl se pone en pie como puede, desenredando su cuerpo del de Diego quien permanece en el piso con lágrimas en los ojos. Raúl avanza con lentitud hacia su jefe y mejor amigo Santiago. Aún espera en su mente que todo sea una broma montada por su compañero y su coronel; espera que sea una broma aun cuando alcanzó a ver, en el aire, como la mandíbula de Santiago se fragmentaba y la bala atravesaba su nuca dejando una estela de sangre a su paso. A medida que se acerca al cuerpo de Santiago, su idea de que todo es un montaje se esfuma y en cambio, la idea de que Santiago está muerto, se hace más y más fuerte. Por encima de la mesa, Raúl percibe los primeros vestigios de sangre; tras avanzar un poco más, aparece una laguna del espeso líquido en crecimiento. Finalmente, Raúl logra ver la casi irreconocible cabeza de Santiago y por primera vez en mucho tiempo, llora inconsolablemente.

Estaba perdiendo el respeto, aprecio y admiración por Santiago, pero seguía siendo su gran amigo. Raúl jamás pensó que lo vería morir ni que fuera tan pronto. Sin importar que ya no le quisiese como antes, perder a su mejor amigo era perder la posibilidad de prolongar los buenos momentos vividos junto a él. Cuando muere alguien, no se pierde sólo a una persona, se muere un futuro, se pierden momentos que ya no existirán; de lo que antes fue una vida, de quien antes tenía el potencial de brindar alegría, ya sólo quedan las historias, historias que también morirán algún día, como en la mayoría de los casos.

Raúl llora sobre un cadáver de alguien que a partir de ahora ya no será su amigo, su jefe, su coronel y, definitivamente, ya no será Santiago Gamboa, nunca más. De rodillas e impotente, aún no comprende en qué momento se llegó a esta situación. Así es la muerte, nunca llega cuando se le espera.

Afuera, las sirenas de policía anuncian la llegada de varios uniformados al restaurante; uno de los meseros llamó a emergencias y relató lo que acontecía en el establecimiento, haciendo énfasis en que uno de los implicados era de alto rango militar, por lo que las autoridades se movilizaron con gran velocidad hasta la escena del crimen. De inmediato los agentes asignados al caso, aprehenden a Diego quien aún continuaba en el piso, pasmado. Al ponerlo de pie, Diego comienza a tartamudear frases incoherentes, o por lo menos lo son para las personas recién incorporadas a la escena del crimen.

- El coronel iba a matar a Raúl, pero se... se elevó en el aire, disparó y él iba a disparar otra vez... se elevó, disparó... y yo lo detuve, yo no fallo y fallé... pero aun así lo detuve.

- ...Todo lo que diga puede ser usado en su contra – termina de decir el oficial de policía que esposa a Diego.
- Él, él se elevó, él voló...
- No hables más Diego, vamos a solucionar esto – dice Raúl trastornado aún por lo sucedido, pero intentando guardar la calma, consiente que su compañero trataba de protegerlo.
- ¡Tú lo viste! ¡Yo sé que lo viste!
- ¿Ver qué? – pregunta Raúl, tratando de esclarecer aquellas frases sin sentido.
- El coronel voló... – Afirma Diego con desespero – Yo apuntaba a su frente y el coronel voló.
- Hablaremos de eso más tarde, pero no digas nada más, esperemos a los abogados ¿de acuerdo? – Raúl no encuentra sentido en lo que oye.
- ¿Tú me crees verdad? Yo te estaba protegiendo. – Raúl recuerda la reacción de Bernardo Alcázar cuando éste fue acusado de asesinato. Bernardo también le preguntó a Raúl si le creía, le suplicaba que le creyera.
- Lo sé, pero acabas de matar a un superior – Raúl suspira y sus ojos se enlagunan – hablaremos ahora en la estación, ¿vale? Ya hablaremos.

Raúl dirige su mirada en dirección al cadáver del coronel y decide acercarse para despedirse por última vez. Al agacharse para cubrir el rostro del difunto, se da cuenta que bajo la mandíbula destruida y fragmentada, en la zona del cuello, se formó un hematoma de azul intenso, exacto al que vio en el cuerpo de Abel Gallardo, aunque más pequeño y sólo en una pequeña sección, sobre la manzana de Adán.

Raúl cubre el irreconocible rostro de su jefe y se detiene por unos segundos a pensar en las aparentes incongruencias que Diego profería. ¿Por qué hay un hematoma en el cuello del coronel? ¿Por qué decía Diego que el coronel se elevó y eso qué relevancia tiene? ¿Por qué diría algo así en una situación tan delicada? ¿Por qué el coronel perdió la razón? Raúl no puede evitar el pensar que la escena vivida con Abel Gallardo se repitió y que sin duda, existe una conexión entre los asesinatos y el horrible y desgastado clarinete. Ahora sí titubea respecto de la culpabilidad de Bernardo Alcázar, ahora incluso duda de su propia cordura.

Bajo la mesa, apacible sobre un lecho de vidrio y porcelana rotos, se encuentra el clarinete. Raúl le observa con desconfianza, ahora sabe que no es un objeto común y corriente. ¿Podrá ser un simple instrumento el culpable de tanta desgracia? ¿Realmente el clarinete asesinó a Abel Gallardo y a Santiago Gamboa? ¿Será por eso que alguien intentó enterrarlo en lo profundo del suelo?

- Teniente, debe ir a la estación a declarar, le acompaño – interrumpe la meditación de Raúl uno de los oficiales de policía presentes en la escena del crimen.

XIV

Viernes 1:53 a.m.

Raúl sube lentamente, con desaliento, los cinco peldaños de madera que conducen a la entrada de su casa. Antes de poner la llave en la cerradura, la puerta se abre, Marcela está al otro lado y rápidamente, sin mediar palabra, recibe a Raúl quien se desploma en sus brazos. Marcela abraza fuertemente a Raúl, que llora silenciosamente sobre el hombro de su esposa.

- Lo siento mucho mi amor, lo siento mucho. – No soporta ver a su marido triste y por eso también deja escapar algunas lágrimas. – Todo va a estar bien, me tienes a mí. Todo va a estar bien.
- Todo pasó tan rápido, yo…
- Shhh, shhh, no importa. Vamos, entra a la casa, hace frío aquí afuera.

Raúl coloca su sombrero en la parte de arriba del perchero como todos los días, pero esta vez no presta importancia en hacerlo cuidadosamente. Ubica también su chaqueta y ahora, se dispone a seguir a su esposa a la habitación; pero una pequeña estela de luz en el sombreo desvía su atención. Al acercarse y observar con detenimiento el sombrero, se da cuenta que está lleno nuevamente de hilos blancos. Le llaman la atención, ahora sabe que son reales, pero esta vez no quiere detenerse a jugar con ellos entre sus manos. Recuerda que el martes, cuando atendió el asesinato de Abel Gallardo surgieron por primera vez aquellos hilos y hoy, que ocurrió nuevamente un asesinato enlazado con el clarinete, aparecen de nuevo. ¿Una bizarra coincidencia? o realmente ¿Esos hilos tienen algo que ver con los asesinatos? Raúl prefiere no pensar más por hoy, se dirige a su habitación y se somete al ritual pactado silenciosamente con su esposa todas las noches.

Mientras su esposa le quita la ropa, le acaricia el pecho y el cuello con la ternura y suavidad que la caracterizan, mientras ella le besa tratando, con cada roce de sus labios, consolarlo en su tristeza; la mente de Raúl intenta insistentemente, en lo más profundo de su interior y en contra de su propia voluntad, desenredar la maraña de sucesos ocurridos hoy. Estuvo toda la noche declarando como testigo de un evento tan confuso, que incluso pensó al comienzo que se trataba de una broma pesada. No tuvo más remedio que decir que su jefe perdió los cabales y amenazó con dispararle y que su compañero le salvó actuando en su defensa. Hablar de más, habría sido tornar el caso incomprensible para quienes lo interrogaban, así como aún lo es para él. Decir que su jefe no le estaba apuntando realmente, declarar que su jefe no veía ni escuchaba nada de lo que pasaba frente a él, afirmar que Santiago cayó en el mismo efecto que Abel Gallardo, sólo habría dilatado más las cosas. El hecho de la muerte de su amigo, de haber presenciado su asesinato, no cambiaría con una declaración fantástica y detallada de toda la locura que fue dicho suceso. A pesar de la declaración de Raúl, Diego fue mantenido en custodia hasta practicarle un debido proceso, hasta que se le lleve a juicio.

Marcela ha terminado de cambiar a Raúl. Es como si aquel simple ritual de mudar sus ropas también les permitiera despojarse de su mal día y cambiarlo por uno mejor, uno bueno, sin tristezas, rabias, ni preocupaciones.

Raúl se acuesta dándole la espalda a Marcela y aunque se siente un poco más tranquilo, algunas reflexiones aún le impiden conciliar el sueño. Pasará un buen tiempo hasta que logre dormir; mientras tanto su esposa, le rodea por la espalda con su cálido abrazo.

Aún en lo oscuro, Raúl no deja de mirar en dirección al armario de su habitación, ahí reposa el dinero ilícito que iba a entregar a Santiago esa noche y que por obvias razones tuvo que conservar. Ahora ¿qué será lo correcto para hacer con ese dinero? ¿Cómo explicar a las autoridades que su jefe fallecido le ordenaba quedarse con dineros del narcotráfico de cuando en cuando?

Viernes 8:05 a.m.

Raúl no ha musitado palabra en toda la mañana, sólo se limita a contemplar el horizonte y a acomodarse la corbata negra de su traje de gala. Cuando un oficial muere, los demás miembros de las fuerzas militares deben usar un traje especial para la ceremonia.

- ¿Aún está triste papá? – Pregunta dulcemente Kiara a su madre.
- Sí, amor, pero pronto estará feliz nuevamente. – Marcela acaricia el cabello de la pequeña y le coloca su plato de cereal en frente.

Kiara no retira la vista de su padre. Con los codos apoyados sobre la mesa y sosteniendo su cabeza con las manos, una en cada mejilla; le mira fijamente esperando que no la ignore más y tengan la plática de todos los días. La mirada inocente de Kiara se empieza a tornar triste, compartiendo el mismo sentimiento con su padre.

Finalmente, Raúl se vuelve hacia su hija, la levanta de la mesa y la eleva hasta el techo por las axilas en un intento desesperado de jugar con ella, a lo que ella responde con una espontánea risa. Ahora la sostiene en el aire entre sus brazos.

- Te tengo una sorpresa para hoy mi preciosa ¿Te gustan las sorpresas?
- ¡Sí! me encantan las sorpresas, pero... - Kiara hace un gesto de confusión - ...hoy no es mi cumpleaños. – Marcela y Raúl se ríen.
- Lo sé, pero has sido una niña muy buena, has sacado buenas notas en el colegio y yo, te amo mucho... – gira su cuerpo en dirección a Marcela y hace que Kiara también la mire - ... ambos te amamos mucho.

¿No quieres un regalo sorpresa? - Kiara asiente con la cabeza.
- ¿Qué es? ¿Puedo saber qué es?
- Si te lo dijera no sería sorpresa.
- ¡Papi! Dame una pista, por fis, por fis... - Raúl no tiene más remedio que acceder ante la ternura de Kiara.
- Ok, es algo que tú siempre has querido y con lo que jugarás todo el día
- Hmmm... – Kiara se coloca el dedo índice sobre los labios intentando adivinar - ...no sé. – Se rinde. – Por favor dime, dime.
- Hoy vendré a casa temprano y lo verás ¿Te parece? Vamos a jugar todo el día, pero tendrás que ser paciente. No arruines la sorpresa.
- ¡Sí! ¡"Yupi"!

El bus de la ruta escolar llega anunciándose con su estridente bocina, pero es tanta la emoción de Kiara, más por tener a su papá toda la tarde que por el regalo, que no quiere bajarse de sus brazos. Tras el acostumbrado abrazo y un intenso beso en la mejilla, Raúl pone a su hija en el suelo para que corra emocionada al autobús escolar. Marcela la acompaña hasta la puerta.

Al regresar al interior de la casa, Marcela mira con consternación a Raúl.

- ¿Estás tratando de sobre-compensarla?
- Sí – responde Raúl haciendo un esfuerzo por sonreír.
- Amor, espero que no aparezcas aquí con un perro.
- Siempre fuiste muy buena con las pistas y las adivinanzas. – Raúl se acerca a su esposa con una sonrisa forzada y coloca un corto beso en sus labios, antes de marcharse. Ella le mira alejarse, con preocupación.

Viernes 11:40 a.m.

La ceremonia fúnebre realizada en honor a Santiago fue eterna, o por lo menos, para Raúl lo fue. El ataúd cubierto con la bandera nacional, las condolencias a familiares y amigos, globos al viento, disparos al aire, toques de trompetas y las palabras de Raúl; por primera vez todos esos detalles no fueron solemnes para el teniente. Santiago era el mejor amigo de Raúl, era su superior, pero al final de su vida hizo muchas cosas que colocaron a Raúl en una situación de conflicto interior.

El teniente nunca se imaginó estar en un púlpito hablando de su mejor amigo; a pesar de haber asistido a muchos funerales, nunca se le cruzó por la mente que algún día sería él quien ofreciera unas palabras de despedida y menos a Santiago, teniendo en cuenta que cuando murió su antiguo compañero, Raúl se rehusó a hablar en la ceremonia.

Al finalizar la ceremonia, Raúl salió a toda velocidad, sin despedirse ni hablar con persona alguna, evitando los abrazos de condolencia y las palabras que para él eran molestas y triviales en estas situaciones. Tomó su auto y manejó a toda velocidad para buscar la sorpresa que le prometió a Kiara.

Antes de pasar por la tienda de mascotas, en la que siempre Kiara se detenía a contemplar a los cachorros caninos, Raúl decide entrar al bar donde ocasionalmente se reunía con Santiago después de almorzar para discutir sobre la vida y sus problemas en ella. – ¡A tu salud! – Dice Raúl levantando su vaso de whisky y se lo bebe de un solo sorbo, antes de abandonar el lugar.

Viernes 1:16 p.m.

Raúl por fin regresa a casa. Carga entre su brazo izquierdo un cachorro "Weimaraner" de color plateado y ojos azules muy expresivos. Sonríe, pues eligió a su parecer, el mejor de todos los cachorros disponibles y sabe que a Kiara le encantará.

Mientras camina del coche a la entrada de su casa, Raúl se pregunta si será correcto tratar de hacer feliz a otra persona como forma de sobrellevar su tristeza interior. Hacer feliz a otros debería ser algo constante, algo natural, un gesto desinteresado y no un reflejo que nace como consecuencia de una retaliación ante la vida. Si hay segundas intenciones en propender por la felicidad ajena ¿sería esto una acción noble o por el contrario, un acto abominable? Sobre su cabeza observa una gigantesca nube negra que anuncia tormenta y al levantar su mirada para analizarla, una fuerte picada en la nuca le hace encogerse de hombros. Nubes negras y dolor en el cuello, de repente experimenta un mal presentimiento que desdibuja su sonrisa del rostro. Kiara debió haber salido a recibirle en cuanto hubiera oído al auto llegar, pero en cambio es Marcela quien le espera en la puerta con una sonrisa gigantesca.

- ¿Otra sorpresa? ¿No crees que es suficiente compensación? – Le propina un apasionado beso a Raúl en los labios y juega con el cachorro un rato. – ¡Es un animal bellísimo! En serio que te estás esforz...
- ¿A qué te refieres con "otra sorpresa"? – Raúl mira fijamente a Marcela esperando una explicación.
- ¡Sí! Esta mañana unos compañeros tuyos dejaron el clarinete, yo pensé que ese regalo ya era algo excesivo y ahora apareces con esta belleza...

- ¿Clarinete? – El corazón de Raúl se acelera al punto de que casi lo puede escuchar.
- Sí, el que llegó esta mañana. Kiara no ha parado de jugar con él, acaso…

Raúl deja caer al inocente cachorro sobre el tapete de la entrada y sale corriendo hacia la habitación de Kiara, apartando a Marcela del camino también con brusquedad.

- ¡¿Dónde está Kiara?! – Grita con desespero mientras sube las escaleras.
- Está en su habitación ¿Qué ocurre? – Marcela no logra entender qué pasa por la mente de Raúl y le sigue diligentemente.
- ¡Kiara! ¡Mi vida! ¿Dónde estás? Por favor…

Cuando finalmente llega a la habitación de Kiara y abre de golpe la puerta, la ve acostada en su cama plácidamente. Se acerca a ella y tomándola entre sus brazos, la sacude intentando despertarla, pero ella no responde. Los ojos de Kiara permanecen cerrados.

- ¡Dios! ¡Por favor! No me hagas esto, no me la quites a ella – Raúl ha estado derramando lágrimas toda la semana, todo el día, pero hace mucho tiempo que no lloraba con todas sus fuerzas. – No otra vez… ¡No! Por favor.

Marcela ingresa a la habitación de Kiara y contempla la escena sin tener pista alguna de lo que está ocurriendo. Raúl abraza con toda su fuerza a Kiara y da varias palmadas en su mejilla intentando despertarla, pero la niña no reacciona. Al ver que su hija no muestra señales de vida y se encuentra desvanecida en los brazos de su padre, Marcela entra en shock y no hace más que llorar, paralizada totalmente por los nervios.

- Marcela, llama a emergencias por favor... llama a Emergencias – Marce continúa consternada - ¡Que llames a Emergencias! – Finalmente la esposa reacciona y corre en busca de un teléfono. Mientras tanto, Raúl busca marcas en el cuello de su hija, pero no encuentra moretón o herida alguna.

Raúl aprieta a Kiara contra su pecho, como si quisiera que el sonido de los latidos de su corazón la despertasen, pero nada pasa. Su vista llena de lágrimas, se detiene sobre la cama de Kiara en donde reposa el horrible clarinete. Toma en sus manos aquel instrumento que sólo ha traído desgracias a su vida en la última semana y lo lanza con todas sus fuerzas contra la pared esperando que se destroce en mil pedazos, pero es el muro blanco el que se agrieta y desprende varios trozos sobre el suelo.

El instrumento queda intacto sobre el piso, sin siquiera un rasguño, lo que incrementa la ira de Raúl; pero justo cuando pretende volverlo a tomar y lanzarlo contra la pared, el clarinete emite un par de notas musicales, como si se estuviese burlando de su agresor.

Raúl, impactado por el sonido que acaba de escuchar, deja caer el clarinete en el suelo y decide ignorarlo para volver su atención a Kiara. Sabe que el servicio de emergencias tardará mucho y que quizás sea mejor llevarla por su cuenta. No hay tiempo, es necesario actuar pronto, Raúl la carga por toda la casa y la sube al auto, manejando a toda velocidad rumbo al hospital más cercano. Si algo le pasa a Kiara, Raúl no sobreviviría, Marcela tampoco. Ninguno de los dos podría soportar perder a otro hijo.

XV

Viernes, 11:27 p.m.

Ningún doctor ha podido establecer qué le sucedió a Kiara, a pesar de haber sido catalogada como paciente prioritario en el triage de urgencias y haber sido atendida de inmediato. Tras aguantar exámenes de sangre, radiografías, ecografías y un sin número de pruebas diagnósticas durante casi diez horas, no se ha podido establecer qué le ha causado su estado de inconciencia.

- Señor Hurtado, hemos hecho varios análisis y excepto por el hecho de ser imposible despertarla, pareciera que todo está en orden con su hija. Ella está sumida en un estado de coma profundo, pero ninguna prueba ha permitido determinar qué lo causó. Mañana traeremos un equipo especializado de doctores y ellos le aplicarán algunas pruebas experimentales...
- ¿Pruebas experimentales? – con los ojos cansados y enrojecidos, Raúl intenta comprender lo que el doctor trata de decirle.
- Es posible que estemos hablando de un nuevo tipo de trastorno neurológico, pero en estos momentos es imposible asegurar algo, debemos hacer más pruebas para estar seguros. Por ahora le recomiendo a usted y a su esposa que vayan a casa y descansen.
- No podría estar una noche lejos de mi hija.
- Descuide Señor Hurtado, ella se encuentra estabilizada y en buenas manos, está respirando bien, su tensión y presión sanguíneas están perfectas, como le decía... según los exámenes, su hija está en excelentes condiciones, pero por alguna razón se encuentra atrapada en un sueño profundo y le

prometo vamos a descubrir lo que tiene. Vaya, descanse.
- Gracias doctor.

Raúl regresa a casa con su esposa. Mientras iba en el coche, no paraba de pensar en el clarinete, en lo que este instrumento le hizo a Gallardo, a Santiago y ahora a Kiara. Sólo que esta vez es diferente. En los dos primeros casos de personas que interpretaron el clarinete había marcas de estrangulación en el cuello, en Kiara no. En los dos primeros casos las personas terminaron muertas, Kiara aún respira. Sin duda hay algo en ese instrumento, algo que Raúl no puede explicar; mientras conducía por la lluviosa noche, Raúl se da cuenta que estaba equivocado respecto a lo que pensaba de Bernardo Alcázar, hizo mal en juzgar a una persona sin pruebas suficientes, hizo mal en ser tan escéptico y ahora su hija, al borde de la muerte, le hizo abrir los ojos.

Algo le dice en el interior a Raúl que las horas de su hija están contadas. Estar en el hospital con ella no servirá de nada; por más que quiera estar presente para el momento en que despierte Kiara, sabe que necesita encontrar respuestas y de forma inmediata. Esta noche intentará dormir, mañana pondrá el cuidado de su hija en manos de Marcela y mientras tanto, él hablará con Bernardo. Sí, esta noche dormirá y mañana salvará a su hija. No, mañana podría ser tarde, debe buscar respuestas ahora. Raúl deja a Marcela en casa y conduce en dirección a la residencia de Bernardo Alcázar.

Sábado, 1:49 a.m.

- Casi me pudro en la cárcel por su culpa ¿sabe? – extiende una taza de café sobre un plato a Raúl y se sienta en un inmenso sillón ergonómico de cuero café.

- Sí, lo sé. – Raúl contempla la taza, avergonzado, y bebe un poco de café con un corto sorbo, ya que está bastante caliente.
- ¿Viene a mi casa a altas horas de la madrugada sólo para decirme que ahora me cree? Cuándo ya no sirve de nada, ¿cuándo tuve que valerme por mis propios medios porque hasta mi abogado se burlaba de mí?
- No señor, yo… - Raúl se da cuenta que debió planear mejor cómo iniciar esta confusa y difícil conversación. – Mi hija… - Suspira y hace una larga pausa.
- ¡Oh! ¡por Dios!
- Ella, ella tocó el clarinete…
- ¿Se encuentra bien? ¿Ella está viva? Me enteré lo que pasó con el Coronel, oí a un testigo por televisión que decía que estaba tocando un clarinete antes de su asesinato… Eh, pero… Su hija ¿Está bien?
- Sí, está respirando – Raúl se esfuerza por no romper en llanto – Por favor, ayúdeme.
- La verdad es que no sabría qué decirle, los instrumentos no son mi especialidad; yo, yo no…
- ¡Por favor! – La tasa de café cae al suelo sobre la antigua madera de la que está hecho el piso de la casa de Alcázar. – Perdón – En este punto Raúl no logra contener más las lágrimas.
- No se preocupe – Bernardo se levanta y tomando unas servilletas trata de limpiar el café derramado. Raúl intenta recoger las piezas de porcelana quebradas – Tranquilo, déjelo así, no pasa nada. Mire, yo soy un simple arqueólogo, no soy investigador, no soy médico, no soy especialista en instrumentos antiguos o encantados, como sí lo era Abel Gallardo, que en paz descanse; de verdad no sé cómo podría ayudarlo. – Coloca su mano en el hombro de Raúl quien yace sentado sobre la silla, inmóvil.

- ¿No le causa gracia?
- No entiendo. ¿Por qué me causaría gracia? – Se agacha para recoger cuidadosamente los trozos de porcelana blanca.
- Que hace unos días nos encontrábamos en la misma situación, sólo que en papeles diferentes.
- Sigo sin entender – Bernardo deja de limpiar el desastre del café y centra toda su atención en Raúl.
- Sí, cuando yo lo fui a visitar en la excavación, era usted quien lloraba en una silla y pedía ayuda, mientras yo lo ignoraba y lo miraba con desprecio. Ahora es usted quien se niega a ayudarme, mientras yo soy el que llora y quien pide ayuda.
- El ciclo de la vida, tal parece. – reflexiona Bernardo con una tenue sonrisa en su rostro – Creo que nunca moriremos hasta no haber cerrado ese ciclo, hasta no haber sido jueces y juzgados, hasta no haber sido cazadores y presas, hasta no haber estado en todos y cada uno de los zapatos de las personas que nos rodean. – Raúl mira a Bernardo desconsolado y al contemplar su desolación concluye: - La pregunta es ¿Cómo reaccionaremos cuando entendamos la situación del otro? ¿Seremos los mismos con ventaja o desventaja? Entonces, ¿reaccionaremos igual para dejar ese ciclo abierto? o ¿cerraremos el ciclo comportándonos como se debe? Para que así nadie más tenga que estar en nuestros zapatos ni trate de comprender por qué hicimos lo que hicimos.

Raúl confirma que se comportó como un idiota, prepotente e injusto, el día que juzgó como culpable a Bernardo Alcázar, sin otorgarle si quiera el beneficio de la duda.

- Yo le odio teniente Hurtado... – Raúl se sorprende por las francas palabras de Bernardo, quien continúa hablando –...y en algún momento de esta conversación llegué a pensar que se merece lo que está viviendo; porque todos, tarde o temprano, pagamos por nuestros actos.

- Me tengo que ir – Raúl se levanta del sillón ofendido y trata de ir hacia la puerta, aunque Bernardo le detiene con una mano frente a su pecho.

- Pero tiene usted razón. En estos momentos nos encontramos en la misma situación, sólo que con los papeles invertidos. Mal haría en interpretar yo el mismo papel que interpretó usted hace unos días y generar en su corazón el mismo odio que ahora siento por usted. Yo sí le creo y yo sí quiero ayudarlo y ayudar a su hija. Ella no merece lo que ocurre.

- No necesito su ayuda, gracias.

- ¿Qué es más importante para usted, su orgullo o su hija? – Los ojos de Raúl se cristalizan y tras una pausa suspira y contesta:

- Mi hija.

- Entonces tome. – Bernardo extiende el brazo, entregándole un pequeño papel a Raúl.

- ¿Qué es esto?

- No le puedo negar que desde que saqué ese maldito instrumento de las profundidades de mi excavación, me obsesioné con él. Luego vi cómo mataba a una persona y cómo mi vida se hundía al mismo tiempo. A pesar que ahora soy un hombre libre, siento que ese instrumento me sigue, en mi mente y en todas partes. Su presencia aquí es prueba de lo que le digo. En fin, hoy cuando vi las noticias de la muerte del coronel y que había un clarinete involucrado, no pude evitar seguir buscando información sobre aquel instrumento. Busqué por internet, en libros, videos, en todas partes algo que me pudiera saciar el apetito de saber qué es ese instrumento y por qué hace lo que hace.

- ¿Qué encontró?

- Nada, absolutamente nada. – Raúl se desilusiona y de inmediato se altera al ver que las palabras de Bernardo contradicen el trozo de papel que éste le ha puesto en sus manos.
- Pero entonces ¿Qué es esto? ¿Qué son estos números?
- Es el número de mi amigo, se llama Vicente Poveda, es dueño de un anticuario y tras lo sucedido estuvo investigando y reuniendo a otros expertos en la materia para testificar en mi caso. Aunque no fue necesaria su intervención en mi juicio, sé que él sí alcanzó a recopilar información importante sobre el clarinete y a varios especialistas.
- ¿En serio?
- Sí, seguramente no son tan expertos y acertados como lo era Abel Gallardo, pero sé que son muy buenos en lo que hacen.
- Muchas gracias, de verdad. – Raúl estrecha la mano de Bernardo y éste le acompaña hasta la puerta.

Raúl toma su paraguas y su sombrero y sale del hogar de Bernardo Alcázar con un poco de renovadora esperanza en su interior. Al ver que está lloviendo fuertemente, abre el paraguas y corre hasta su vehículo, pero antes de que Bernardo cierre la puerta, Raúl empieza a gritarle solicitando que aguarde un momento. Regresando hasta la puerta, le pregunta a Bernardo que si aún tenía tanta curiosidad por el clarinete, por qué no llamó él mismo a su amigo, para aclarar todas las dudas, a lo que Bernardo le contesta que se dio cuenta que aún no era el momento de saber la verdad. – El clarinete casi arruina mi vida, porque aunque llegó a mí, no era enviado para mí. Por más que me cautive y que ronde constantemente a mi alrededor, comprendí que debía dejarlo atrás, como se debe dejar atrás todo lo que casi arruina una vida. – agrega.

Raúl emprende camino a su casa. Ya es muy tarde para llamar y mucho más tarde, para hacer otra visita personalmente.

Sábado, 6:59 a.m.

A la mañana siguiente, Raúl sostiene en una mano el número telefónico de Vicente Poveda y en la otra su teléfono celular. Cuando por fin logra comunicarse con el dueño del anticuario, éste le dice que efectivamente logró compilar valiosa información sobre el clarinete, pero que lamentablemente se encuentra fuera de la ciudad y regresará hasta el lunes por la mañana. Al reconocer la prisa que tiene Raúl, Vicente le concede una cita para el mismo lunes al medio día y le solicita que, por favor, lleve el instrumento para inspeccionarlo detenidamente con su equipo de expertos.

Ahora Raúl, quien tiene que esperar dos días y medio más con su hija inconsciente en el hospital, siente que la fe y la esperanza se debilitan nuevamente en su existir. No hay tiempo. La desesperación lo consume y para nadie es un secreto que la mayoría de personas desesperadas suelen tomar malas decisiones.

Miles de preguntas cruzan por la mente de Raúl ¿Estará viva su hija hasta el lunes? ¿Su búsqueda entre lo místico y paranormal tiene sentido? ¿No será mejor buscar una solución médica a lo que tiene Kiara y detener esta búsqueda de respuestas sin sentido?

Raúl coloca el clarinete sobre la pequeña mesa de la cocina y toma asiento frente a él. Nunca ha sentido miedo, ni siquiera en la más peligrosa de las misiones como en la que capturó a Calatrava; pero en estos momentos siente un miedo profundo generado por la posibilidad de perder a su pequeña y dulce hija. – Es un ángel, es una niña inocente – se repite una y otra vez en su mente tratando de culpar a alguien por tan atroz injusticia. Entonces a su memoria regresan los casos de tantos niños que han sido asesinados, violados y maltratados a causa de criminales, la guerra, la violencia o sus propios familiares. ¿Qué clase de Dios permite que sufran los niños? Raúl recapacita y se siente avergonzado por atacar a Dios; pero siempre, en sus momentos de debilidad, lo ha hecho.

Este es un mundo libre, somos nosotros quienes tomamos la decisión de cambiar el mundo y de vivir lo que queremos vivir. Sí, Raúl busca excusas y razones para creer que lo que le sucede a Kiara puede cambiarse, que el futuro de su hija está en sus manos, que el futuro de todos esos niños está en las manos de otros adultos y que, si quiere cambiar las cosas, debe actuar en pro de ese cambio.

El teniente toma en sus manos el clarinete y lo lleva lentamente hacia sus labios. Ha decidido, sin pensárselo mucho, ver con sus propios ojos lo que los otros han visto. Piensa que él debe buscar las respuestas por sí mismo y que si bien Santiago y Abel vieron cosas que no estaban allí y fueron atacados por algo que no estaba presente en este mundo, es posible que Kiara esté atrapada en ese otro lugar, en ese otro mundo que sí veían. Raúl se siente con la obligación de ir por ella, si es que es posible.

Se detiene. Coloca nuevamente el clarinete en la mesa, no porque no sea capaz o le tenga miedo a su propia muerte. No, es que debe considerar algunas cosas muy bien antes de tocar el instrumento. Primero, cuando toque el instrumento, verá cosas que no están allí, pero su cuerpo seguirá en el plano y momento que todos conocemos como real, así que pase lo que pase y vea lo que vea, no deberá hacer movimientos bruscos o intentar atacar a otros, pues podría lastimar a personas que se encuentren a su alrededor. Raúl se quita su pistola de dotación y la coloca lejos, con el fin de evitar tomarla como hizo Santiago y apuntarle a algún inocente. Segundo, basándose en los casos anteriores, sabe que además de no poder ver lo que pasa a su alrededor real, tampoco podrá escuchar a quienes le rodeen, pero su voz si puede ser escuchada. Raúl coloca una videograbadora con el fin de grabar sus movimientos y sus palabras, pues piensa describir con detalle todo lo que verá. Además, si algo sale mal y muere, el suceso quedará registrado y no se inculparán a inocentes, como sucedió con Bernardo Alcázar y con Diego. Por último, Raúl tiene claro que todo esto es una locura, pero "Frente a situaciones desesperadas, medidas desesperadas".

La cámara ya se encuentra en modo grabación. La pistola está lejos del alcance de Raúl. Todo está listo. Colocando la boquilla en sus labios, Raúl comienza a soplar torpemente al interior del clarinete. Ningún sonido agradable se genera, tampoco sucede nada.

- Esto es estúpido – Raúl mira a la cámara avergonzado.

Hace un nuevo intento y esta vez consigue que el instrumento genere una nota musical. Oprime una de las teclas intentando cambiar la nota producida y lo logra. Ahora toma una bocanada de aire y continúa soplando y alternando varias teclas con sus dedos. De repente, se da cuenta que ya no puede despegar sus labios del clarinete y que por acción de una fuerza misteriosa, como hipnotizado por un susurro musical, sus ojos se cierran sin posibilidad de abrirlos.

La cámara registra como Raúl toca varias notas del clarinete. Notas que no son armónicas pero que de alguna manera generan un ritmo triste y fúnebre. Los dedos de Raúl empiezan a moverse con destreza, por sí solos, y se desplazan a lo largo del clarinete como si Raúl ya hubiese dominado la técnica del instrumento. Al ver que no puede abrir los ojos y ha perdido el control de sus manos, una lágrima empieza a descender por la mejilla del teniente. Se siente poseído por una fuerza que no logra comprender y que sobrepasa su escepticismo ante los misterios del mundo.

Recuerdos ya olvidados invaden la cabeza de Raúl. Recuerda su primer día de escuela, el día que falsificó una firma de sus padres para que no lo castigaran, luego pasa a su graduación y después a la tarde en que recibió cartas de muchas universidades negándole su ingreso. En su mente, aflora la memoria del día en que Santiago lo invitó a ingresar a la policía y también, cuando éste le pagó una mujer para que perdiera su virginidad. Uno de los mejores momentos de su vida, fue el haber conocido a Marcela, quien organizó la cena y la decoración de la fiesta de ascenso de Santiago como Capitán, evento del cual, meses después, ambos se casarían en secreto pues los padres de Marcela no aceptaban a Raúl como miembro de la familia; dicho recuerdo, produjo en Raúl una leve sonrisa, la cual no duraría mucho al reconstruir la noche en que descubrieron que Marcela había perdido a su primer hijo. A partir de ese recuerdo triste, Raúl activa otros episodios nefastos de su existir, como la única vez en que se quedó con un bloque de billetes del narcotráfico, producto de una captura, para comprarle un hermoso vestido a Marcela e invitarla a cenar, además de invertirlo en la casa. Poco después matarían a su compañero Jorge, suceso que revive con claridad casi todas las noches, pero que en estos momentos percibe como si lo viviese por segunda vez. Recuerda que al momento de declarar, Raúl ocultó toda la verdad por proteger a Santiago. Su mente lo traslada después al momento en que su nuevo compañero, Diego Ángel, asesinó con una explosión planeada a seis policías inocentes; acto que también ocultó con su silencio, nuevamente por proteger a Santiago. Finalmente, su cerebro le muestra aquel momento en que su mejor amigo y jefe, Santiago, fue asesinado, para transportarlo como última instancia al armario de su habitación, en el que reposan ocultos tres paquetes de billetes, productos del narcotráfico, que nunca entregó ni a su coronel, ni a las autoridades competentes. ¿Por qué recordó todos estos sucesos con tanta lucidez? Antes que pueda responder, Raúl logra abrir sus ojos y lo que ve, le genera el más fuerte de los horrores hasta ahora experimentados en su vida.

XVI

Raúl se encuentra a sí mismo en una habitación marcada con cenizas, sangre y podredumbre. Cuatro paredes le rodean, todas altamente agrietadas y corroídas por lo que aparenta, fue un incendio. En los pocos tramos de pared que no están carbonizados, pareciera que el muro mismo transpirara sangre, una sangre viscosa, oscura y rancia.

En medio de la sorpresa y el pánico, el clarinete cae a los pies de Raúl, quien se levanta exaltado con el fin de buscar una salida lo más pronto posible de aquel detestable sitio; no obstante, recuerda que antes de interpretar el clarinete había dejado una cámara de video funcionando, la cual no está en rededor. Aun así, Raúl se dispone a describir en voz alta todo lo que ve, pensando que posiblemente la cámara sigue allí, grabando, en otra realidad diferente a la que sus ojos ven.

- Veo sangre, mucha sangre, en todas partes. En las paredes, los techos… la sangre gotea de los techos. Hay un fuerte olor a carne descompuesta, es tan fuerte que siento que en cualquier momento vomitaré o me ahogaré, lo que pase primero. Todo está oxidado y quemado. También distingo algunas huellas de manos ensangrentadas en las paredes, pero no parecen manos humanas, sólo tienen tres dedos largos y puntiagudos. Creo que identifico una especie de mesa, en la que hay un hoyo cuadrado, el hoyo está cubierto de sangre y arriba de la mesa, hay un vidrio cubierto de moho, creo, sí... creo que es una ventana.

Raúl estira la manga de su camisa y procede a limpiar la ventana intentando ver qué hay del otro lado. Pronuncia un fuerte – ¡Oh Dios mío! – al limpiar una esquina del vidrio y ver a través de él. Afuera todo está oscuro, es de noche, pero logra identificar varias casas destruidas, como si una lluvia de fuego las hubiera aplastado. Sin embargo, eso no es lo que lo aterrorizó. Lo que le hizo proferir ese fuerte "Oh Dios mío", fue la visión de muchas personas afuera, bajo la noche, matándose entre sí, usando sólo las uñas, los puños y los dientes; lo que genera una violenta lluvia de gritos y sangre. Una vez matan, las personas se alimentan de los cadáveres como si fuesen bestias salvajes; pero insólitamente los muertos, o lo que queda de ellos, se vuelven a poner en pie para ingresar a una nueva batalla, en la que se convertirán en cazadores o presas. Devorar y ser devorados; en este mundo, la muerte pareciera un ciclo interminable. Lo que Raúl presencia, es una horrible aplicación de la inmortalidad: Siempre hay suficiente carne para que los cadáveres vuelvan a levantarse. Hay suficiente carne, para que los otros siempre tengan de qué alimentarse.

Una vibración llama la atención de Raúl. Al contemplar el hoyo de la mesa, ve como en aquel cúmulo de sangre se forman pequeñas ondas y burbujas. Un ojo humano se asoma por la superficie y se oculta nuevamente; no sin antes hacer que Raúl dé un salto hacia atrás. - ¿Qué lugar es este?

– al haberse alejado, responde a su propia pregunta. El hoyo lleno de sangre, la ventana sobre el hoyo, la pared color beige desgastada: es la casa de Raúl, Raúl sigue en su casa; más exactamente, en su cocina.

El hoyo cubierto de sangre es el lavaplatos y la ventana es la misma a través de la cual Raúl suele mirar si el camión de basura ya pasó a recogerla. Está en su casa, pero pareciera que la hubiese absorbido una dimensión en la que todo está muerto.

Nuevamente la vibración, cada vez se hace más fuerte y más constante. Son pasos, sí, son pasos que se acercan hacia él. Después de haber visto lo que ha visto de este mundo, Raúl sabe que cualquier cosa que se le esté aproximando no puede ser buena. ¡Kiara! ¿Estará Kiara aquí? Encontrarla es lo único que debe importar ahora. Ella no podría sobrevivir sola a un mundo como este. Podría estar en su habitación, esperando por él. Raúl ignora los pasos que se acercan y sale corriendo de la cocina en dirección a las escaleras que conducen al segundo piso. Mientras sube las escaleras, se da cuenta que algunas de sus fotos familiares con Marcela y Kiara, se encuentran intactas en la pared; pero sus rostros no lucen iguales. En donde debería estar el rostro de Raúl, aparece un rostro demacrado, en descomposición y en otras fotografías, fue reemplazado por un cráneo humano. Es su propio cráneo, pareciese que hubieran fotografiado el cadáver de Raúl. Pero no importa lo que ve a su alrededor, Raúl debe encontrar a Kiara, es su principal objetivo en este momento y no puede perder tiempo tratando de comprender su entorno.

Raúl empuja con su hombro la puerta de la habitación de Kiara, al mismo tiempo que grita frenéticamente el nombre de su hija. No hay respuesta. – ¡Voy a entrar! ¡Aléjate de la puerta! ¡Aléjate de la puerta mi amor! Pero por más que intenta, la puerta no cede. Pareciera que estuviera sellada. Por un instante piensa en volver a la cocina, tomar el arma que ocultó en uno de los cajones y disparar a la cerradura; pero en seguida recuerda que podría lastimar a alguien en la dimensión real.

Cuando se siente desesperanzado por no poder ingresar en la habitación, oye el llanto de una pequeña niña en la habitación contigua. ¡Es Kiara! Piensa para sí. – Kiara ¿Dónde estás mi amor? – Los sollozos lo conducen a la habitación principal, en donde entra con suma precaución. Es consciente que ingresó a su habitación, la habitación que comparte con su esposa; pero evidentemente ahora no es la misma. Sangre, cenizas, moho por doquier y sobre la cama, empapada de tanta sangre en su interior, dos cuervos se pelean por un pedazo de carne cruda, los cuales, al ver que Raúl se acerca, salen volando por un orificio en el techo. El pedazo de carne abandonado, empieza a retorcerse de un lado a otro y se abre camino por el suelo de la habitación, buscando la salida. La escena no deja de impactar a Raúl, pero éste vuelve a su consigna, su prioridad es Kiara, no tiene tiempo de pensar en otra cosa.

Kiara no está bajo la cama, no está en el cuarto de baño ni entre la bañera rebosante de sangre y agua negra. De repente, escucha un lamento en el armario, tal vez Kiara se ocultó allí. El armario, en el que había guardado el dinero ilícito para Santiago, ahora era un montón de madera en descomposición, salpicado de sangre y de otros fluidos que no es posible reconocer. Raúl apoya su mano en la aldaba del armario, con un poco de miedo de lo que pueda encontrar adentro y del estado en que se encuentre su hija; pero antes de abrirlo, una explosión de aire destroza el mueble en mil pedazos y envía a Raúl de espaldas, volando contra la pared.

Una criatura de dos metros ha salido con violencia de su escondite. Simulando la voz de Kiara, atrajo a Raúl hasta allí para poder atacarlo desprevenido. Raúl, en el piso y muy débil para moverse, observa con espanto al ente más horripilante que haya visto en su vida. Dos enormes ojos rojos contemplan a Raúl con rencor, Raúl no sabe si son ojos de insecto u ojos de reptil y le cuesta sostenerles la mirada para descubrirlo. La criatura se aleja un poco y eleva al cielo un enorme bramido que retumba por toda la casa, haciendo que las paredes se agrieten y la madera cruja. Al alejarse, Raúl la puede contemplar mejor. Por sus enormes manos de tres dedos, Raúl comprende que fue la misma criatura que desnucó a Abel Gallardo. La criatura posee una piel grisácea, con escamas, como de serpiente. La cabeza no tiene nariz, pero sí una enorme boca de la que asoman decenas de colmillos puntiagudos y manchados por fresca sangre. La cabeza tiene varios cuernos pequeños en contorno, pero hay dos que sobresalen de todos los demás pues son mucho más grandes que la cabeza misma y se sostienen sobre los hombros mismos de la criatura. Raúl grita la descripción del horripilante ser, esperando que la cámara de video en la cocina, alcance a captar sus palabras. Raúl presiente su final cerca y ya no es necesario recordar toda su vida, pues en los primeros segundos de tocar el clarinete, la recordó completa. Cuando la criatura extiende sus dos brazos para estrangularlo, Raúl cierra los ojos esperando el fin. Sólo puede pensar en su hija y en lo inútil y patético que fue su intento para salvarla.

Nada pasa, la criatura da un paso para atrás y vuelve a bramar al cielo con potente sonido. Estira los brazos intentando alcanzar el cuello de Raúl nuevamente, pero pareciera que una barrera invisible le impidiera tocarlo. Las enormes garras de la criatura pasan a penas a cinco centímetros del rostro de Raúl. Tras un par de intentos más, la criatura se da por vencida y se queda inmóvil frente a

Raúl, respirando agitadamente y riéndose diabólicamente. Raúl, quien había permanecido inmóvil esperando su muerte, lucha con todas sus fuerzas para ponerse en pie y caminando contra la pared a sus espaldas, se aleja del horripilante ser.

A cada paso que da en dirección opuesta a la criatura, ésta da un paso hacia adelante intentando conservar siempre la misma distancia entre los dos. Ya está muy cerca a la puerta de su habitación, pero el peinador de Marcela le obstruye el paso. La criatura sigue riéndose de la situación, sin quitarle la mirada de encima a su futura víctima. Raúl se sorprende, ya que para esquivar el peinador, tuvo que dar un paso hacia adelante en dirección de la criatura y en respuesta, ésta dio un paso hacia atrás. Una vez alcanzada la puerta de la habitación, Raúl sale corriendo a toda velocidad, pero la criatura le persigue aún más rápido, haciendo retumbar toda la edificación a su paso.

El teniente llega por fin a la entrada principal, pero nuevamente, como si una fuerza sobrenatural se lo impidiera, no puede abrirla. Se encuentra atrapado en el interior de la casa, con una criatura gigante a sus espaldas. En donde debería estar la ventana de la fachada, la más grande, hay ubicadas unas tablas como si alguien hubiera tapiado todo desde el interior. Raúl intenta quitarlas con desesperación, una desesperación tan fuerte, que termina perdiendo una de sus uñas. La criatura gigante se ríe con más fuerza que antes y dice con una voz estentórea y profunda, unas palabras que Raúl no logra comprender:

- Esas tablas – señala con su puntiaguda uña - esas tablas las puso tu esposa. – y sigue carcajeándose con repulsivo y grueso tono.

Raúl cae al suelo desconsolado, sin comprender que está pasando ni saber cuándo acabará tan horrible pesadilla, Al recostar su espalda contra las tablas que amurallan la ventana, éstas se rompen desde el exterior, haciendo que Raúl salte hacia adelante. Cuando da el salto, la criatura también da un paso alejándose de Raúl, manteniendo siempre la misma distancia. Los seres humanos que Raúl había visto despedazándose afuera de su casa, están intentando entrar y quieren alimentarse de él. No parecen racionales, no hablan, no muestran sentimientos en sus facciones; quieren entrar como sea y hasta sus carnes se arrancan al intentar cruzar por entre las tablas.

¿Qué es esto? Raúl no puede más, siente que perderá el conocimiento de tanta presión. Antes de caer al suelo desmayado, Raúl gira su cuerpo y trata de ver a la criatura por última vez, quien al quedar frente a frente, lanza un manotazo directo al rostro de Raúl, esta vez lacerándolo en la frente y nariz con la punta de sus largas uñas.   En el último lapso, la criatura de alguna forma había ganado cinco de los centímetros que la separaban de Raúl.

XVII

Sábado, 7:45 a.m.

Raúl se despierta en la sala de su casa. Ésta vez sí es su casa. Aún es de día y todo al interior de su hogar luce normal, tal como lo recuerda. No hay cenizas, ni fotos en las que parece un cadáver, ni mucho menos sangre en las paredes. Todo a su alrededor luce intacto, real; lo único diferente es la mente de Raúl, la cual ahora sabe que hay cosas más allá de las que vemos y conocemos, pero que coexisten de alguna forma con nosotros. Un momento, sí hay sangre en el lugar, pero sólo son dos pequeños charcos sobre la alfombra. Raúl se toca su rostro y se da cuenta que tiene dos rasguños superficiales, uno en su frente y otro en su nariz, como si le hubieran rosado con un afilado bisturí; estas heridas son los causantes de la suciedad en el tapete. Además de ver sus uñas gravemente lastimadas, también se retira finas hebras transparentes de sus hombros, las cuales se estiran ilimitadamente y terminan por desvanecerse en el aire. Ya había visto este tipo de "hilos", los cuales se presentaban cada vez que Raúl investigaba algún caso relacionado con el clarinete. Definitivamente lo que vivió no fue un sueño. Aunque pudo despertarse de él, le ha dejado secuelas reales en su rostro y uñas, y ha traído consigo esas particulares fibras iridiscentes. Ahora es evidente para él lo que ocurrió con Abel Gallardo y con Santiago, por absurdo que parezca, fueron asesinados desde otra dimensión.

Una inmensa paz le invade al sentirse de nuevo en casa. Bajó al infierno y pudo escapar de él. No obstante, algo de infierno renace y permanece en su corazón al darse cuenta que no pudo rescatar a Kiara. Siente angustia de sólo pensar que tal vez la haya perdido para siempre. En un mundo como el que presenció, no hay cabida para una inocente criatura.

Mientras en el cuarto de baño se limpia y trata las heridas, en la nariz y la frente ocasionadas por la criatura diabólica, advierte que su teléfono móvil está recibiendo una llamada. Es Marcela al teléfono. Raúl no atiende y no sabe si por el hecho de tener las manos ocupadas entre gazas y desinfectantes o por el miedo que le produce recibir una mala noticia sobre el estado de su hija. Finalmente contesta:

-   Mi amor... - Se produce una larga, casi eterna, pausa y se escucha al fondo un sollozo –...Kiara ha despertado ¡Kiara está bien!, ven pronto, te amamos. – en el fondo se escucha a Kiara que grita "Te amo papi". En el interior de Raúl, se siente el corazón latiendo con fuerza de tanta felicidad.

Raúl suelta el teléfono en el lavamanos y cae de rodillas al piso. Últimamente ha llorado en exceso, pero hoy, hoy por fin recordó lo que se siente llorar de alegría. Qué hermosa sensación y que grato descanso es para un padre, saber que su hijo ha vencido a la muerte. Raúl mira al cielo en agradecimiento y de inmediato se incorpora sin importarle que no haya terminado de sanar sus heridas y sin prestar atención a todo el desorden que hizo en el baño; ya quiere estar de nuevo junto a su hija.

Sábado, 8:46 a.m.

Cuando ingresó a la habitación de Kiara, ella saltó a los brazos de Raúl con la energía de diez niños juntos. Quien hubiese visto la escena, jamás pensaría que ella acabase de despertar tras un estado de coma de casi veinticuatro horas. Raúl no pudo contener la emoción de tenerla nuevamente en sus brazos y que además, ella no tuviese ni un rasguño ni síntomas evidentes de algún daño físico o psicológico.

Tras intercambiar muchos "te amos" y lindas palabras entre la unida familia, el doctor a cargo de Kiara irrumpe en la escena e informa que la niña ya puede regresar a casa. Para Raúl el dictamen del doctor es una terrible irresponsabilidad, pero éste le repite por tercera vez que Kiara no presenta afectación física alguna y que tal vez lo que le ocurrió tiene un origen psicológico. Finalmente Raúl decide no contrariar más al doctor y regresa con Marcela y su hija a la casa.

El teniente no ha querido decirlo, pero no para de pensar en cómo fue posible que Kiara sobreviviera a una dimensión infernal como la que experimentó él en carne propia. Aunque pensándolo bien, también le resulta increíble que él mismo hubiera salido de allí con tan sólo un par de rasguños. ¿Qué lo protegió ante aquella criatura? Lo que lo protegió a él ¿También protegió a Kiara? Raúl procura no mencionar el tema frente a su esposa, quien constantemente le pregunta por las heridas en su rostro y siente inquietud al ver que Kiara no dice nada al respecto, cuando ella es quien le cuenta todo lo que piensa, sueña y siente, con extremo detalle. Finalmente su curiosidad es más fuerte y comienza un disimulado interrogatorio, mientras conduce de regreso a casa.

- Kiara, mi amor. ¿Por qué tocaste ese clarinete?
- Tus amigos policías lo trajeron a casa, yo pensé que ese era mi regalo. Era taaan hermoso.
- ¿Hermoso? – Raúl mira a Marcela y ambos concuerdan, telepáticamente, en la idea de que aquel instrumento es horripilante. – Cariño y después de tocarlo ¿te quedaste dormida?
- Sí.
- ¿Qué paso después de eso?
- Nada – responde Kiara nuevamente a secas.
- ¿No pasó nada o no quieres contarle a papá? – En ese momento Kiara agacha la mirada con tristeza, se desabrocha su cinturón de seguridad y abraza a su padre por detrás del asiento.
- Te amo papá – Instantáneamente Raúl comprende que Kiara oculta algo y que a ella le resulta doloroso recordarlo.
- Yo a ti mi vida. No te preocupes, a medida que crezcas, también crecerán los secretos con tu papá.
- Sí, algo así me dijo él.
- ¿Quién? – Raúl se pone serio.
- El dueño de la música del clarinete. – Ante la afirmación de su hija, Raúl hace frenar el carro con violencia, sacudiendo todo y a todos los que van dentro del vehículo.

- Kiara, cariño... - Marcela está conmocionada y con todo el cabello sobre su frente, por la brusca frenada - ... ¿estás bien cariño? ¿Qué pasó Raúl?
- Lo siento... no sé... un animal se atravesó.
- ¿Lo atropellaste papi? – pregunta preocupada.
- No, mi amor. El animal está bien. ¿Ustedes están bien? En verdad lo siento. – Suspira - ¿Quién quiere pizza?
- ¡Yoooo! – Grita Kiara emocionada.
- ¡Muy bien! Entonces vamos por pizza. – A pesar de la frenada brusca y la pizza, Raúl sigue inquieto por la información que tiene Kiara guardada. – Cariño... - la mira por el retrovisor - ¿Te gustaría conservar el clarinete para ti? – es sólo una pregunta capciosa, él jamás dejaría que ella se quedara con tal instrumento.
- No... es decir, es un clarinete hermoso y brillante, pero no lo quiero más.
- Está bien mi amor, hoy mismo lo botaremos a la basura.

Raúl tiene más claro que nunca que los recuerdos de Kiara respecto al clarinete son negativos. ¿Cómo así que habló con el dueño del clarinete? ¿Podría ser esa criatura espeluznante la dueña del instrumento? Tiene sentido, pues ambos son iguales de horribles. No deja de pensar en la profunda tristeza que mostró Kiara al hablarle del clarinete. – Si ese monstruo la tocó, regreso a su mundo y lo mato – piensa para sí.

El teniente Hurtado, experimentado estratega, decide cambiar su maniobra y decide dejar que Kiara comparta con Marcela un rato a solas. Aunque Marcela tampoco comprende qué es lo que está pasando, tal vez Kiara sí pueda contarle a ella lo que no puede decirle al padre. Es una posibilidad. Raúl le da indicaciones a su esposa para que cambie de ropa a la niña y le prepare la cama para que descanse.

-   Pero yo no quiero descansar. – Reniega al escuchar a su padre.
-   Estuviste enferma señorita, es mejor que te mantengas quietita. – señala Marcela con tierna firmeza.

Mientras Marcela coloca el pijama y le prepara la cama a su hija, Raúl se queda tras la puerta escuchando todo lo que hablan sus dos mujeres.

-   … Si me acuesto ahora ¿podemos ir mañana a jugar en el parque?
-   Depende de cómo te sientas cariño.
-   Pero yo ya me siento bien. ¡Me siento estupenda! – Kiara hace un gracioso acento intentando imitar a una actriz que vio en televisión. Este gesto hace que su mamá sonría y le dé un fortísimo abrazo. - ¿Podría papá también ir a jugar mañana?
-   Claro que sí mi amor, mañana es el domingo libre de papá.
-   Yo quiero vivir para siempre con ustedes y jugar todos los domingos en el parque.
-   Cariño… – se ríe Marcela - … va a llegar un día en que ya no querrás estar con nosotros, ni siquiera querrás saber de nosotros.
-   ¡No es cierto! – dice Kiara con solemnidad, mientras frunce el ceño. – Yo preferí jugar con ustedes que con mil niños.
-   ¡Qué hermosa eres mi Kiara! Te dejaré para que descanses, si necesitas algo, sólo haz sonar esta campana.

Kiara observa con desconfianza la pequeña campana metálica dejada en su mesa de noche; ahora tiene miedo de acercarse a cualquier instrumento. Antes que su mamá salga de la habitación, Kiara la interrumpe:

- ¿El paraíso es malo, mami? – ante la inesperada pregunta, Marcela regresa y se sienta en la cama a los pies de su hija.
- No, el paraíso es muy bueno cariño. ¿De dónde sacas esas cosas?
- Si es bueno… ¿Por qué no puedo estar con mi papá allí?
- Sí puedes, todos tres estaremos allí.
- Él dijo que no.
- ¿Quién?
- El dueño de la música en el clarinete.
- No sé de qué me hablas cariño. – Marcela no entiende; pero Raúl, que escucha detrás de la puerta, sí.
- Cuando toqué el clarinete, me quedé dormida y tuve un sueño. – a Raúl se le eriza la piel al escuchar las palabras de su hija.
- ¿Qué soñaste?
- Soñé que estaba en casa, en mi habitación, pero la luz era tan fuerte que no podía abrir mucho los ojos. La luz hacía parecer como si todo fuese de oro. Todo se veía más hermoso en mi habitación y en la casa. Todo tenía "chispitas" y muchos colores.
- Qué lindo sueño, amor.
- Sí. Por las ventanas, yo oía las voces de muchos niños que gritaban de emoción y jugaban afuera. Quise verlos desde mi ventana pero la luz del sol era tan fuerte que no los pude ver. Entonces una voz me dijo que si yo quería, podía ir a jugar con ellos. Que si yo salía de la casa, jugaría por siempre en el paraíso, que jamás me volvería a enfermar, ni a lastimar y que ya no recordaría lo que es llorar, ni estar triste o sola. – En esos momentos los ojos de

Marcela se llenan de lágrimas, aun cuando conscientemente no entiende la colosal magnitud de las palabras de Kiara.

- Tú... - se limpia una lágrima de su ojo derecho antes que ésta se escape - ... tú ¿Qué le dijiste a esa voz?
- Le pregunté que si podía invitarlos a ustedes, a mi papito y a ti. - Marcela sonríe y le acaricia la frente retirándole un mechón de cabello. – Pero la voz dijo que tú aún no podías acompañarme y que papá no estaba invitado. Entonces me puse triste – la voz de Kiara se apaga y se quiebra. – Luego la voz dijo que si yo aceptaba ir, jugaría con miles de niños iguales que yo y que sería tan feliz que jamás me acordaría de mi papá ni de nadie más.
- Eso es... eso es terrible mi amor.
- Sí. Por eso yo salí corriendo y le dije que no iría con él. Que yo amaba a mi papá. Entonces la bonita voz dijo que yo no entendía, que entre más grandes las personas se hacían, más difícil era que pudieran jugar en el paraíso.
- ¿Y ahí te despertaste?
- No, cuando salí corriendo y bajé las escaleras para buscarlos a ustedes, me tropecé con un hombre joven. Era muy guapo, fuerte... muy apuesto; como los hombres de la televisión que te gustan mami. – Marcela ríe avergonzada, no recordaba haber mencionado nada al respecto de actores o amores platónicos frente a su hija. – Su cuerpo brillaba, su ropa estaba tan limpia que brillaba; pero no era tan apuesto ni fuerte como mi papi. – Agrega Kiara y Marcela ríe de nuevo, esta vez con más fuerza, aun conteniendo las lágrimas que no sabe si son de felicidad o tristeza. – el joven me dijo que no tuviera miedo, que era normal en los niños amar tanto, incluso como para renunciar al mismísimo paraíso. Yo le dije que ningún paraíso era verdadero sin

ustedes y él me respondió que mi amor aún podía traerlos a la felicidad, así como tu amor lo salvó a él.

- ¿Mi amor? – Pregunta Marcela confundida.

- Sí, dijo que tú eres una excelente mujer, la mejor mamá del mundo, que te agradecía por haberlo esperado y deseado tanto tiempo y por haberlo cuidado y protegido por tantos meses. Dijo que él también estaría siempre cuidando de ti, en compensación por como tú cuidaste de él. Él me abrazó, me dio un beso en la frente y allí me desperté. ¿Quién era ese joven en mi sueño mami?

- No lo sé hija, no lo sé.

Pero Marcela sí lo sabe. Mientras abraza con todas sus fuerzas a Kiara, llora inconsolablemente, despojándose de su corazón en lágrimas. Recuerda, con nostalgia, los meses que estuvo ilusionada con la recepción de su futuro hijo y del dolor tan inmenso que le mortificó, cuando éste nunca llegó.

Al otro lado de la puerta, acurrucado y con la cabeza oculta entre sus brazos, Raúl también llora y se lamenta por no ser merecedor de la hija y de la esposa que tiene. Les ha fallado, siente que siempre les ha fallado. Comprende también, que Kiara estuvo en un lugar muy distinto al que él estuvo después de tocar el clarinete.

XVIII

Lunes 12:23 a.m.

Raúl ya no siente tanta prisa por descubrir los misterios del clarinete. Con lo que experimentó en carne propia y el sueño que tuvo Kiara después de su recuperación, cree saber suficiente; sin embargo, acude a la cita prevista con Vicente

Poveda para hablar sobre el instrumento y lo trae consigo, tal como se había comprometido.

En el anticuario, tras Vicente, hay tres hombres más; según la breve introducción que hizo Vicente de ellos, son conocedores de objetos antiguos, de lenguas muertas y el último, el más joven, es miembro de la filarmónica de la ciudad y trabajaba junto a Abel Gallardo.

- Sin duda es un instrumento increíble, nunca había visto uno como éste. Pareciera de los primeros clarinetes que se perfeccionaron a finales del siglo XIX. – Dice el más joven de los hombres.
- Sí, el estuche con que fue encontrado estaba inscrito con la firma "Crampon", pero llegamos a la conclusión que no se trata de un clarinete Crampon, sin duda es mucho más antiguo. – Replica otro de los presentes.
- Como le decía teniente Hurtado, nosotros hicimos una investigación más profunda del instrumento y logramos recopilar mucha información sobre el artefacto; no encontramos algo contundente que pudiera declarar inocente a Bernardo Alcázar, pero sí pudimos definir que no es un instrumento normal. – Afirma Vicente y es interrumpido entusiastamente por el más joven de los expertos.
- Efectivamente, el experto en objetos antiguos de este anticuario quería comprarlo por más de 400 mil dólares, incluso ya había encontrado a un comprador en Europa.
- ¿400 mil dólares? - Raúl se sorprende por tan exorbitante suma - Si no estoy mal, Abel Gallardo había dicho que no costaba más de 100 mil.
- Ese bastardo – hace una pausa intentándose disculpar por hablar así de un difunto, pero no encuentra palabras - ...después de lo sucedido estuve revisando las cifras de las cosas que él validaba y

valuaba para mi anticuario; por años estuvo obteniendo cuantiosas sumas a costa mía. Vendía mis objetos al doble o triple del valor que según él costaban y lo que le quedaba a mi negocio eran sólo pérdidas. Tal parece que quería hacer una de sus "jugadas" con el clarinete.

- Así fue que amasó su fortuna – Afirma Raúl.
- Sí, realmente varias personas tenían razones suficientes para asesinarlo de la forma en que lo hicieron. – Vicente continúa vociferando.
- Bueno, como oficial de la ley que soy, nunca avalaría un homicidio por un robo, ni ninguna otra razón.
- ¿Un robo? – Vicente mira con las cejas levantadas al más joven del panel de expertos – Vamos muchacho, cuéntale al teniente lo que sabes. – El músico, dubitativo, se dirige a Raúl.
- Sí, este, bueno, cómo le digo, sí señor… - El muchacho se coloca tan nervioso, que parecería fuese a revelar el secreto mejor guardado del mundo.
- ¡Vamos muchacho! Habla de una vez.
- Cuando trabajaba con Abel en la filarmónica, corrían rumores entre los músicos, que él gustaba de las personas más jóvenes del grupo. – Logra decir el joven.
- Bueno, a tan avanzada edad es normal sentir gusto por mujeres jóvenes nuevamente. – Afirma Raúl con una inocente sonrisa.
- Cuando me refiero a los más jóvenes del grupo, hablo de hombres, teniente. Hombres jóvenes ¡niños! de menos de 13 años. Después de su muerte, algunos de esos jóvenes confesaron que los rumores eran ciertos, que incluso había testigos, pero de nada servía ya. ¿Para qué testificar contra un muerto? ¿Verdad?

- Sí, pensamos que quizás esa información serviría para el juicio, para la defensa de Bernardo; pero menos mal, finalmente, no fue necesario. – Complementa Vicente.

Raúl no puede creer lo que oye. Abel Gallardo, ese septuagenario bonachón que le recordaba a Santa Claus, ¿era realmente un estafador y abusador de menores? Definitivamente, en este mundo, es mala costumbre fiarse en lo que ven nuestros ojos y también desconfiar de lo que no ven.

Fue un buen grupo de investigación el que reunió Bernardo y Vicente para analizar el clarinete en búsqueda de la verdad. Bastaría con que Raúl les incitara a tocar unas cuantas notas en el instrumento para que resolvieran todas sus dudas; pero sería peligroso, con consecuencias inesperadas, además que son pocas las personas con capacidad de soportar la verdad.

Raúl agradece por la información recibida y se despide con amabilidad. Mientras estrecha la mano del experto en lenguas muertas, le hace una pregunta imprudente que desde el comienzo del encuentro le estaba rondando la cabeza.

- ¿Qué hace un conocedor de lenguas muertas entre este panel de expertos?
- ¡Oh, sí, es cierto! casi olvidamos ese pequeño detalle. – Interrumpe Vicente - El día que Abel fue a inspeccionar el clarinete, encontró al interior de la campana una inscripción y se comunicó conmigo, enviándome una foto para descifrarla. Fue su último mensaje de texto enviado. – dice con sentimiento de culpa por haberle deseado mal, unos minutos atrás - En fin, como estaba escrita en varios idiomas, latín, arameo, griego y otros, contacté a mi experto en el tema. Él trabaja conmigo en el anticuario, como

consultor, desde hace buen tiempo, ya que muchas veces llegan elementos de antiguas culturas y en otros idiomas.

- ¿Qué decía la inscripción? – Ese detalle le llama la atención a Raúl, pues podría aclarar muchas más cosas.
- Logramos traducir casi la totalidad de la inscripción, excepto por la palabra final. – Mientras habla, el experto en lenguas saca de un cajón varias fotos y apuntes para enseñárselos a Raúl – En conclusión, es sólo una frase que dice: "Las notas musicales correctas, unidas entre sí, conducen a la puerta del *Pixán*"
- ¿Pixán?
- Esa es la palabra que no logramos traducir. No sabemos a qué dialecto o cultura pertenece. – Concluye el experto en lenguas muertas. – Seguiré estudiándola.

¿Será Pixán el nombre de la criatura demoniaca? Y si es el nombre de ella ¿Por qué alguien estaría interesado en ir a ese mundo como para tratar de dar con las "notas correctas"? Nadie debería anhelar ir a aquel horrible lugar, ni estar ante la presencia de tan grotesca criatura, mucho menos si existe la posibilidad de morir en sus garras. Raúl prefiere dejar todo este asunto atrás, Kiara ya está bien, los homicidios ya están resueltos… No, aún tiene algo pendiente por hacer, recuerda.

Raúl pensaba contarles que él fue testigo directo del poder del clarinete y que pudo escapar, con dificultad, de las entrañas de una dimensión oscura. Incluso traía consigo la grabación de video que hizo de su experiencia. Aunque el video consta de minutos y minutos de Raúl en la cocina, mirando confundido a su alrededor y luego gritando frases sin sentido por toda la casa, pensó en algún momento que les habría servido de algo; después se dio cuenta que sólo lo considerarían un loco. Antes de abandonar el lugar, Raúl coloca la grabación de su experiencia sobrenatural bajo la llanta de la patrulla de policía. Al arrancar, el cassette se vuelve pedazos, dejando en el olvido una experiencia dolorosa y traumática que no es de este mundo.

XIX

La misma semana en que Raúl se reunió con el comité de expertos para analizar el clarinete, devolvió el dinero del narcotráfico a las autoridades; no sólo el que guardaba en su closet sino el que Diego había ocultado en el techo falso del edificio. A pesar del miedo que sentía por los juicios y las acusaciones que pudieran hacer en su contra, también confesó que había tomado para sí, en cierta ocasión, dineros ilícitos y se comprometió a devolverlos con años de servicio gratuito a la patria. Solamente se le impusieron sanciones menores y pagó su condena con trabajo comunitario.

En esa misma semana, también testificó en el juicio a favor de Diego y logró que no lo condenaran a cadena perpetua, como hacen con todos los oficiales que asesinan a un superior. Al final, todo quedó como un asunto de locura, chantaje (por los dineros ilícitos) y defensa propia. Por presión de Raúl, Diego también confesó los dineros extraídos de las capturas concluidas y fue enviado a otra ciudad, muy lejos de Raúl, para seguir ejerciendo como policía, aunque después de pagar unos meses en la cárcel y unos años haciendo trabajos comunitarios.

Finalmente, Raúl hizo derretir el clarinete y el metal extraído junto con las piezas de madera carbonizadas, fueron   arrojadas a un río en el estuche, encadenado y amarrado a una gran roca.

El teniente decidió vivir su vida en función de su hija y de su amada esposa, quería que ellas se sintieran orgullosas de él y lo logró; por dondequiera que pasaban, se decía que no había una esposa más enamorada y una hija más feliz con su padre. Raúl tenía como meta, estar en ese lugar brillante, lleno de niños, jugando eternamente con Kiara y con Marcela. Felices, para siempre. Si algo había aprendido de tan amarga experiencia con el clarinete, es que una familia unida es capaz de levantar un muro de protección frente al infierno.

Pasaron los años y Raúl llegó a ser el Mayor más condecorado de la policía en el país. Su vida se contó en muchos documentales y reportajes omitiendo, por supuesto, el episodio del clarinete, el cual permaneció en secreto hasta el día de su muerte.

De Kiara se dice que, tal como lo había prometido en su niñez, estuvo siempre muy unida a sus padres. Aún casada y con hijos, permaneció atenta y a cargo de ellos hasta sus últimos días; logrando crear para su vida, el mismo paraíso al que ella renunció cuando apenas tenía 11 años.

Cierto día, Raúl se encontraba bebiendo un café en un local cerca a su casa. Sin cabellos en su cabeza y con encanecida barba, vio como anunciaban por la televisión la presentación, en la ciudad capital, de una filarmónica mundialmente reconocida. Al ver a todos esos hombres y mujeres, elegantes, prolijos en su oficio y con tantos instrumentos sonando tan dulcemente, entre los que obviamente había un clarinete, Raúl hizo una recapitulación de su vida y concluyó que no se arrepentía de nada. No se arrepentía de haber descuidado a su esposa a causa del trabajo, porque eso lo impulsó a cuidarla con todas sus fuerzas después, cada vez que tenía la posibilidad. No se arrepentía tampoco de haber atendido el caso del clarinete, porque gracias a él, a pesar de haberle ocasionado un gran susto en relación a Kiara y haberle dejado dos cicatrices permanentes en su rostro y otras en su corazón, se dio cuenta que su vida no era lo suficientemente noble ni justa, y le permitió tomar la decisión de cambiarla. Ese día, en que vio aquella filarmónica por televisión, se sentía tan satisfecho y complacido de su existencia, que hasta habría sido capaz de interpretar aquel clarinete maldito, con la seguridad que en la otra dimensión ya no habría sangre en las paredes, ni ningún demonio que le persiguiera, sólo habría luz; tomando en cuenta que días atrás había descubierto, por casualidad, que Pixán no era el nombre de ningún demonio o ángel, sino la palabra maya designada para "alma".

Ese día, mientras tomaba un amargo café de panadería, Raúl observaba a la filarmónica más famosa del mundo en concierto. Al verlos allí, interpretando tranquilamente sus timbales, trompetas, tubas y flautas, se preguntó con una irónica sonrisa: - ¿Qué sucedería si todos los instrumentos del mundo tuvieran el mismo poder de aquel clarinete? Pues el mundo sería un ir y venir de paraísos, infiernos, ángeles y demonios. – Se contestó a sí mismo.

Raúl dejó una buena propina sobre la mesa, tomó su paraguas, su chaqueta y su periódico, pues no llevaba más. Aunque siempre le gustaron los sombreros, hacía muchísimos años atrás que no usaba uno, ya no los necesitaba. El mundo es un ir y venir de paraísos, infiernos, ángeles y demonios; por eso, es mejor mostrarse tal cual y como se es.

BASTARDO

JORGE ANDRÉS LOZANO RIVAS
2016

BASTARDO

No hay error más mortal
que creerse dueño de la vida
Jorge Lozano

Escribo estas breves líneas, sabiendo de antemano que no habrá jamás quien las lea o que al menos las lea prestándome la importancia que igual no merezco. Las escribo, simplemente porque quiero dejar constancia física, en caso que alguien me encontrara, que no soy un cobarde ni que sufro de padecimiento mental alguno. Si me he disparado en la sien y he sido encontrado en un estado deplorable, es porque mi vida carece de sentido y no vale la pena seguir extendiendo este profundo respirar cargado de tristezas y derrotas. Estoy demasiado cansado.

Me suicido, porque estoy sufriendo un dolor más grande del que cualquier persona podría soportar. Sé que dirán que hay quienes sobrellevan cosas peores, que hay otros en el mundo quienes en realidad sí son víctimas de tragedias que ningún cuerpo, ninguna mente y ningún espíritu pueden resistir. Pero no es así, ellos al menos tienen esperanza, la mía se desvaneció para siempre, estoy seguro.

Intentaré ser lo más breve y conciso posible, no quiero extenderme tanto que al final me arrepienta; pero considero que no existe otra forma en que deba morir un escritor, que no sea entre un extraordinario mundo de cuento o por lo menos, entre líneas, palabras y versos. Sí, efectivamente soy escritor, pero no de los buenos.

Empezaré por decir que nací en una familia con principios morales muy fuertes, fui criado a la "manera antigua", con enseñanzas tradicionales y con lo que en mi país llamamos "mano dura". Así que en el colegio fui un buen estudiante y nunca me metí en problemas serios. También solíamos ser una familia acomodada, con un futuro asegurado para mí, o eso era al menos lo que creían mis padres. Mis padres, ellos se amaban inmensamente y trataron de darme todo su amor, no tengo queja alguna de ellos.

En el colegio siempre fui el mejor de mi clase, me destacaba en la mayoría de materias y despertaba entre mis compañeros admiración y envidia simultáneamente. Durante la universidad, en la facultad de literatura, las cosas no fueron muy distintas; también estaba entre los mejores y mis profesores presagiaban en mi existir un futuro prometedor. Lamentablemente, debido a la universidad conocí a las mujeres y gracias a ellas, conocí mi primera derrota. No digo en algún momento que las mujeres sean malas, sólo digo que claramente ellas poseen una misión para con nosotros los hombres desde muy temprana edad: enseñarnos el amargo sabor de la tristeza, la traición y los sueños imposibles.

Tras un sinnúmero de rechazos, de infidelidades y otros desencantos, mi concentración y mi talento ya no eran los mismos. Yo seguía escribiendo bien, pero mi obra se tornó lúgubre, resentida y quejumbrosa. También mi bolsillo había cambiado, el dinero no alcanzaba para mucho; pues mientras cenaba con mis compañeras de universidad en lujosos restaurantes y tomaba cervezas en buenos bares, tenía que ir de la universidad a la casa y de la casa a la universidad, a pie. ¿Cómo decirle a mis papás que el dinero de la mesada no me alcanzaba para comer ni para transportarme con decencia?

Las mujeres no son del todo malas. Indirectamente, ellas me obligaron a conseguir trabajo y buscar ingresos adicionales. Cada día me convencía más que las palabras proactividad y emprendimiento, nacieron de hombres que tuvieron que costear los hábitos y estilos de vida de sus mujeres. En ese sentido, las mujeres son un paraíso, al cual se accede construyendo uno propio.

Mis padres se amaban, ya lo había mencionado, lo sé. Lo saco a relucir nuevamente porque quizás dicha condición hubiera sido algo bueno en otra época, eso quizás fue bueno en mi infancia; pero en mi caso, a medida que crecía, el peso de encontrar una relación como la de ellos se hacía más y más grande. Yo no era como mi padre y en concordancia, tampoco quedaban ya mujeres como mi madre. Mi padre era un hombre íntegro en su proceder y su palabra. Mi madre era una mujer abnegada, leal y luchadora. En la sociedad en la que yo crecí, más moderna que la de mis padres, la integridad y la lealtad escaseaban, así que mis posibilidades de ser feliz con una mujer y establecer una familia eran mínimas. No obstante, un día, en contra de todos los pronósticos, me casé. Fue quizás uno de los días más felices de mi vida. Tenía a mi lado a una mujer preciosa y ya no poseía tantos problemas económicos. Fue un buen momento. Pero sin duda el día más feliz de todos fue cuando nació mi hija, a la que aún amo con todas mis fuerzas y con toda mi alma.

En ese entonces, cuando estaba casado, creía ver el sueño de mi vida cumplido, el cual consistía en tener una relación como la de mis padres y conformar una familia como a la que yo solía pertenecer. Yo, ya profesional en literatura, estudiando una especialización, con algunas pequeñas publicaciones en periódicos y con una idea prometedora para escribir un libro, pensaba que lo tenía todo, que mi vida era perfecta. Pero la realidad es que me encontraba enceguecido, la realidad es que ya no quedaban en el mundo mujeres abnegadas, luchadoras y mucho menos leales.

Una tarde cualquiera descubrí que me había casado bajo la presión de tener una familia perfecta y no porque admirara o amara a mi esposa. Con una hija ya de tres años y un sin número de planes a futuro idealizados entre los tres, me di cuenta de mi error demasiado tarde. Ese día, llegué a casa antes de lo previsto y encontré a mi esposa con otro hombre. Ni el mejor escritor del mundo podría describir el dolor y la ira que me embargó en ese momento; sin embargo, yo no reaccioné. No dije maldiciones, no golpeé al cómplice del delito ni mucho menos a la perpetradora; simplemente tomé mi ropa, la empaqué en una maleta como pude y salí de allí, para no tener que ver el rostro de mi mujer nunca jamás.

Así, al borde del alcoholismo, destrozado y alojado en una pequeña habitación de hotel sin estrellas, fue como conocí al diablo. Sí, estoy hablando del demonio, de Belcebú, del mismísimo Satanás. No fueron los efectos del alcohol, porque sólo había tomado un tercio de botella esa noche, y puedo asegurar que tampoco me invadió la locura. En medio de la noche, el diablo en persona, se presentó ante mí. Extrañamente, no me causó miedo ni curiosidad alguna, era como si en el fondo de mi ser supiera que lo esperaba. Lo que sí me sorprendió es que no era como lo describen en muchas partes, no tenía cuernos ni gran altura, mucho menos rabo o patas de cordero. El diablo era un hombre negro, totalmente negro; tan negro, que era imposible distinguir en qué parte terminaba su piel y empezaba el traje, también negro, que le cubría. Sí, recuerdo muy bien que llevaba traje negro, camisa negra y corbata negra porque hizo un chiste al respecto, dijo que se había vestido bien para venir a verme. Yo no me reí, sólo bebí un trago grande de ron y le miré fijamente a la única parte de su cuerpo que se podía reconocer de entre tanta oscuridad, directo a sus rojos y fulgurantes ojos. Cuando hablaba, también se notaban sus blancos y afilados dientes. Sí, de aquella ennegrecida sombra, sólo podía reconocer con claridad sus ojos y su sonrisa, la cual se asomaba intimidante cada vez que profería alguna palabra.

El diablo me ofreció un interesante trato. Dijo que podía resolver absolutamente todos los problemas de mi vida, fuesen económicos, sentimentales, familiares, profesionales... todos. Para mi nivel de desesperación de aquel momento y a sabiendas que mi exesposa procuraría quitármelo todo, hasta a mi hija, era un trato muy tentador; en especial porque es bien sabido que el diablo cumple sus promesas y sin importar que haya letra pequeña en sus transacciones, cumple absolutamente y sin falta, todo lo pactado. *"Paga mal el diablo a quien le sirve"*... pero paga. El trato en cuestión era muy simple, debía mencionar a Satanás o su reino en la totalidad de mis escritos, de manera directa u oculta, como yo quisiera; pero en todos mis productos literarios, grandes o pequeños, debía estar él siempre presente. Otra condición era la de reservar gran parte del dinero que me iba a conceder para fiestas, drogas, prostitutas, lujos y toda clase de excesos ¡Qué condición más extraña! Supuse que esa parte del trato sólo era una manera disimulada de convencerme y tentarme para aceptar sin vacilación ¿Quién no ansía una vida llena de excesos y opulencias? Y por último, además de tener que reunirme con él, mínimo una vez por semana, tenía que olvidarme por completo de Dios y jamás volver a invocar su nombre. En realidad lo pensé, y mucho. Estuve en silencio varios minutos, creo, bebiendo de mi vaso de ron y contemplándole fijamente, mas justo cuando le iba a decir que sí, que aceptaba todas sus condiciones; en medio de mis lágrimas y mis sollozos, me acordé de mis padres ya fallecidos y de mi hija ¿Estarían ellos orgullosos de mí? ¿Lo estarían después de esto? A último momento, sorprendido de mí mismo, contesté con un firme ¡No! ¡No acepto! ¡Déjame en Paz! Y en seguida, Satanás desapareció.

Haber rechazado al diablo originó en mi vida una tragedia peor a la que ya tenía. Mi ex esposa, como ya lo había pronosticado yo, además de quitarme la custodia de mi hija, logró asegurar una pensión para su manutención proveniente de mis ingresos. Sí, ella fue la infiel, la traidora y aun así la justicia de este mundo la favoreció. Lo que yo debía pagar no era mucho para lo que yo me ganaba en el periódico. No me importaba saber que la mayoría del dinero se convertía en la ropa de mi ex y en viajes con su nuevo novio; en serio no me importaba, hasta que fui despedido injustamente del periódico.

Duré cuatro infernales meses sin poder conseguir empleo, sin poder ver a mi hija, sin tocar mujer alguna, con mis amigos alejándose y con los bancos y abogados de mi ex llamándome todos los días para que pagara las cuentas vencidas. Mi papá fue un hombre bastante estricto con la palabra y con las deudas, lo cual hacía que mi angustia por faltar a mi palabra y mi deber, fuera aún mayor. No, no estoy culpando a mis padres de todo lo que me sucede, pero quizás si hubieran sido menos idealistas, menos perfectos… en fin, ya no importa.

Durante cuatro meses no recibí una sola llamada de trabajo. No me citaban a entrevistas, ni siquiera llamaban para decir que mi hoja de vida no había sido seleccionada. Nada, vacío, había perdido por absoluto mis esperanzas. Entonces, decidí hacer lo mismo que mis padres hacían cuando atravesaban un momento de crisis, aferrarme con más fuerzas a Dios.

Oraba noche y día sin cesar. Creer en Dios era la única forma de esperanza que quedaba en mi corazón. Yo no tenía nada más a qué aferrarme, ni dinero, ni familia, ni mujeres, ni trabajo, ni a mi hija y aunque nunca lo vi, como sí vi al Diablo, confiaba en él. En Dios yo esperaba.

Una noche, mientras oraba, tuve una idea nueva para un libro, incluso mucho mejor a la que tenía anteriormente. Supe inmediatamente que tenía que escribir, que si hacía lo que me apasionaba realmente, seguro podría triunfar. Esa fue, para mí, la primera señal de que Dios sí escuchaba mis súplicas. La segunda señal apareció una mañana mientras escribía; era un magnífico gato de pelaje amarillo y verdes ojos, que sin previo aviso, entró por la ventana de mi habitación de hotel y se convirtió en mi mejor amigo desde el primer instante que le di de comer. Su postura y modo de actuar eran tan imponentes y ceremoniosos, que decidí llamarlo Aslan, como el "Rey León" de un buen libro que alguna vez leí.

Después de cinco meses de estar sin un solo centavo, el periódico por fin emitió mi cheque de liquidación e indemnización. Para mí fue la tercera señal de Dios. Hablar con él sí funcionaba. ¿Quién podría dudarlo? Con el dinero del periódico, pude enviarle algo a mi hija, disminuir un poco mis deudas y trasladarme, junto a Aslan, a una modesta casa en los suburbios de la ciudad. Aquí, pude escribir tranquilamente, sin los molestos sonidos de la ciudad y sin tener que soportar las llamadas acosadoras de los bancos, el libro con el que pensé llegaría a la fama. No obstante, el dinero es efímero y como todo lo material, terminó desapareciendo. La evaporación de mi dinero, coincidió justamente con la culminación de mi libro; así, que con los últimos billetes que me quedaban, envié una copia a todas y cada una de las veintitrés editoriales del país. Sabía que si Dios me había puesto en el camino de la literatura y que si él había implantado en mí tan genial idea, mi libro tenía todas las opciones de triunfar. ¡Qué hermosa y aterradora sensación es sentirte cerca del éxito!

El último mes fue el más cruel de toda mi existencia, yo seguía sin obtener un empleo y con las cartas de rechazo que recibía, casi que diariamente por motivo de mi libro, me desmotivaba más y más. Las editoriales parecían no estar interesadas ni en mí, ni en mi historia y cada día que pasaba, cada notificación de desaprobación que leía, me alejaba un paso más de mi tranquilidad y de Dios. Así es la naturaleza humana, tanto en la victoria como en el fracaso, nos alejamos de él; en el primer caso por distraídos, administrando nuestros tesoros mundanos y en el segundo, por la infelicidad de nuestro ego al darnos cuenta que él no nos creó para ser nuestro servidor.

Nuevamente comenzaron a llegar a mi buzón cuentas de cobro y de citaciones jurídicas y yo, viviendo fuera de la ciudad, ya no tenía suficiente ni para tomar un taxi. Me encontré solo, derrotado, humillado, totalmente en la quiebra y a más de quince kilómetros de la civilización. Aslan, mi compañero fiel, estaba débil y deprimido; al igual que yo, él no había comido bien en días y por ende, ya no contaba con sus caricias, ni sus masajes, ni su apoyo.

Así llegamos hasta el día de hoy. Hoy, dos de Febrero, recibí la carta número 23. Procedía de la editorial más grande e importante del país: Editorial Universo. Estaba seguro que Dios tendría una sorpresa de último momento para mí, pensaba que Dios reservaría para su hijo la mejor de las editoriales con el fin de permitirle publicar su libro y prosperar finalmente; sin embargo, para sorpresa y desolación mía, la carta número 23 también rechazaba mi novela. Al leerla, sentí como mi corazón se encogía en mi pecho y mi sangre recorría mi cuerpo cada vez con menos fuerza, generando un temblor incontenible en mis manos y piernas. Luego llegaron las lágrimas, pero ese es un detalle en el que, sinceramente, no quiero ahondar ahora. No sabía por qué me sentía tan devastado. ¿Acaso era el orgullo el que me oprimía por haber sido rechazado tantas veces? o ¿Me embargaba la melancolía de saber que mi padre, Dios, había resuelto abandonarme cuando más lo necesitaba? ¿Qué puede hacer un escritor cuando lo que consideraba su mejor novela, es rechazada por todas las editoriales del país? Me tomaría mucho tiempo escribir otro libro, quizás semanas, quizás meses y si a ninguna editorial le gustó la mejor idea que tuve en treinta y dos años de vida, no sé qué más podría ofrecerles. Mi estómago no aguanta otro día más sin comer, no tengo a nadie a quién recurrir. Qué vergonzoso sería ir a donde mi ex esposa, quien ahora piensa casarse con el mismo hombre que encontré una tarde en mi cama, para rogarle por un plato de comida. Y ¿Qué hay de Aslan? Debilitado por el hambre, había permanecido tendido en su cama por días.

Entonces recordé la propuesta de Satanás. Ahora que Dios me había desamparado, quizás el diablo podría adoptarme. Yo sería su hijo y él sería mi padre. El demonio era mi única esperanza, pues para él, nada es imposible en este mundo; él podría conseguirme algo de dinero inmediatamente. Me tendí al suelo humillado y clamé por su manifestación; pero él no se presentó esta vez. Al igual que Dios, también me había abandonado. Fue en ese determinado instante, cuando supe que yo era un bastardo. A la gente buena la protege Dios y a la gente mala la consiente el diablo, pero entonces ¿Yo quién y qué era? Sí, en ese momento yo era un simple bastardo. Era un huérfano a quien nadie cuidaba, excepto la ruina y la necesidad.

Todo lo anterior me condujo a tomar esta penosa decisión. Tomé el revolver antiguo de mi abuelo, quien había sido reservista de la armada por mucho tiempo, y mientras lo contemplaba en mis manos, miles de posibilidades cruzaron por mi mente. Sólo estaba seguro de dos cosas en ese momento: que no quería vivir más, pero que me asustaba en sobremanera morir. ¿Sería capaz de apretar el gatillo en mi contra? La verdad es que no habría sido capaz de acabar con mi vida; aclaro que yo estaba desmoralizado, pero el desespero no era tan grande como mi cobardía. Fue entonces cuando Aslan, la segunda supuesta señal de Dios, me dio el empujón que me faltaba y cerró con broche de oro esta cadena de desdichas y desencantos. Mientras seguía contemplando el arma con duda y ansiedad, pude oír que el cartero llegaba al portón de mi casa para colocar más facturas por pagar junto con más citaciones legales en el buzón y sin previo aviso, Aslan, haciendo uso de sus últimas fuerzas, se lanzó hacia mi rostro rasguñándome profundamente la mejilla. No bastándole con ese miserable acto de traición y habiendo salpicado con mi sangre la pared de la sala, sangre que seguramente aún encontrarán allí, Aslan salió por una pequeña abertura que había en la ventana y se arrastró con dificultad hasta los pies del cartero, quien al verlo en tan deplorable estado se lo llevó en sus brazos.

Al finalizar la tarde no sólo Dios y el diablo, mis posibles padres, me habían abandonado; también lo había hecho mi hermano, Aslan. Así comprendí que yo no tenía lugar en este mundo, no había trabajo, ni espacio, ni persona para mi vida; yo sólo era una pieza sobrante de un gran rompecabezas que tampoco podía entender. Soy un ser humano que por error, Dios dejó caer en este mundo.

Mis padres murieron cuando por fin mi carrera comenzaba a dar frutos, mi esposa me abandonó por otro hombre y de paso se llevó a mi hija, la única persona que quizás me quería en este planeta; por otro lado, a nadie le interesa mi trabajo, a nadie le llama la atención lo que tengo que decir al mundo a través de mis escritos, dándome a entender que lo que estudié durante cinco años de mi vida, quizás no era para lo que estaba hecho. Ahora estoy convencido que sin importar lo que hubiera estudiado o con quién me hubiera casado, el resultado habría sido el mismo: el fracaso. Al fin y al cabo, soy un bastardo, una pieza sobrante del universo.

En estos momentos sostengo en mi mano izquierda, apoyada sobre mi pierna izquierda, el revolver antiguo de mi abuelo; mientras que en mi mano derecha, empuño el bolígrafo negro con el que escribo estas líneas. Ya está decidido, me voy de este mundo.

Perdón si me extendí un poco más de lo que pensaba, pero necesitaba dejar clara la razón de mi decisión. Necesitaba convencerme a mí mismo también, de que lo que estoy haciendo es lo correcto. Ya está decidido ¿Qué más queda por hacer cuando has sido rechazado por 23 editoriales, por tu esposa, por tu hija, por tu gato, por Dios y hasta por el ser más abominable del universo?

Pido disculpas por la tinta corrida y la gran cantidad de manchas en estas diez páginas, pero no pude contener las lágrimas mientras las escribía. Me iré de este mundo y nadie notará la diferencia, pues no pude cumplir la misión de Dios, ni la del diablo y tampoco la mía.

Soy un bastardo, de eso ya no hay duda, y también pido disculpas porque en contados segundos la carta estará manchada con algo más que mis lágrimas, tinta y la sangre de mi mejilla. Siempre pensé que como escritor, dejaba parte de mi corazón y mi mente en todo lo que escribía; pues bien, esta vez será literal: Dejo mi cerebro desparramado y todo el contenido de mi corazón quebrantado, en este papel.

Adiós, mundo cruel.

José Albert Lizcano Vivas

Nota:

Al momento de efectuar el levantamiento del cuerpo del escritor en los suburbios capitalinos, la policía encontró esta nota suicida, la cual fue útil para esclarecer los hechos acaecidos y la razón por la cual había sangre del occiso en áreas distintas al punto exacto de su muerte.

Al revisar las pertenencias personales del fallecido, no se halló objeto alguno de valor ni que pudiese ofrecer una hipótesis distinta a un simple suicidio. Es importante aclarar que un gato amarillo fue hallado en lamentables condiciones, llorando sobre las piernas del suicida, contradiciendo en principio lo dicho en la carta. Sin embargo, se localizó al cartero que atendía la zona ese día para indagar sobre el extraño suceso, quien manifestó que si bien él sí se llevó consigo al gato, reafirmando lo escrito, el animal se rehusó a quedarse con él y el felino tan pronto como pudo, después de haber comido y bebido algo, regresó corriendo y a toda velocidad a casa de su dueño.

También es importante mencionar que en el buzón del fallecido, además de facturas vencidas de créditos y deudas, se encontró una carta con el siguiente mensaje:

…lamentamos mucho la confusión cometida con aquel comunicado errado, esperando no haberle causado inconveniente de alguna clase y a través de esta carta, queremos manifestarle nuestro sincero interés en su novela. Estamos dispuestos a proceder con la compra de los derechos comerciales y totales de la obra, así como de efectuar un contrato a término indefinido para la producción y publicación de futuros libros.

Agradecemos se comunique lo más pronto posible con nosotros, para ultimar detalles sobre la adquisición de derechos y de la impresión final del libro, el cual, una vez leído por nuestro equipo de redacción y corrección de estilo, ha propuesto un nombre alterno que consideramos sería más atractivo y más acorde con la trama del mismo. La propuesta para el nuevo nombre es: "El momento perfecto". Esperamos que esta propuesta sea de su agrado y desde ahora, le deseamos muchos éxitos como escritor de nuestra firma.

Atentamente,
Editorial Universo.

José Albert Lizcano Vivas, nunca pudo ser testigo de su rotundo éxito como escritor. Un año después de su muerte, "El momento perfecto" ya había logrado vender más de un millón de copias en todo el mundo, siendo uno de los libros más comentados y polémicos de todos los tiempos.

ÍNDICE

¡Próximamente! Los títulos que encontrarás en "DESDE LO MÁS OSCURO DEL SER" Volumen 2:

EL CABALLERO OCULTO
LA FORTUNA DE MORIR
SOBERANO DEL TIEMPO
SUCUBUS
EL ÚLTIMO HOMBRE CONSCIENTE
HABLANDO CON EL ALMA

Próximamente:
«MUJERES PARA EL DESAYUNO»
De Jorge Andrés Lozano Rivas